京城大蛾

甄明哲 著

自序：小说即自由

长久以来，虽然换过几次工作和城市，但我一直生活在一个非常相似的环境里。这个环境意味着一整套的评价系统，从生活到工作，从思想到行为，功利的评价标准渗入到方方面面。像写小说这种事，基本上属于不务正业。

在这种环境里，写作行为本身就具有了对抗性质。机缘巧合，我渐渐地认识了一些和我一样的朋友。他们有的在城中村租房子，整日读书写作；有的则琢磨着怎么去山里隐居，甚至计划好了一年买多少米，一个月吃多少面；有的则流浪在各个城市，靠打零工维生。事实上，我自己就曾在月租金一百块的出租屋里生活了好几年，有时候一星期都讲不了几句话，因为无人可讲。小说《京城大蛾》所涉及的，就是这样的生活。实际上，不同生活方式之间，存在的是对不同价值的选择，用刘瑜的话来讲，是抬头仰望月亮，还是低头捡起六便士。

我无意评判两者的优劣。实际上，处于不同生活状态中的人们，也未尝不曾反思自己的状态，未尝不曾据量过诗意和苟且哪个重要。万物参差不齐，实乃幸福之本源。无论哪种生活，都是人们自身的选择。最重要的是，每个人都要拥有这种选择的自由，而不是被迫选择，或者不能选择，或者因为选择了某种生活，就被贴上标签，划分到"异类"的不明群体里。

有时候我觉得，在剥去了技巧、理论、审美之后，故事最终剩下的实质，是对价值的判断和选择。故事当中蕴含着价值，包含了人们对"我要做什么样的人""我要过什么样的生活""我将要到达什么地方"的理解，也包括了人们对生活的更多可能性的想象。如果一个社会、家庭不允许小说存在，那实际上就等于说，不允许对另一种价值的想象存在，也就是说，权力和支配延伸到了人们的选择之中。

小说不可避免地体现了对他人、世界和人自身的态度。我的做法是，观察，理解，并探求。写小说，写更多人的生活，是为了探求价值的更多可能性，让人更加自由，而不是通过叙述干涉和控制。每次创作时，我都能体会到，自己的世界正一点一点扩大。那些遥远的、封闭的、未经思考的领域，因为小说变得可以想象。

想象之所以重要，在于它既突破了现实，又可能会落到实处。我在小说中做了一些大胆的猜测和想象，但都必须写实。我希望自己的写作能做到言之有物，因为每一个词语都自有其分量，小说不能做脱离写实的幻想。只不过在这里，"实"的指涉是包含了种种冲动的，是陌生而异质的，是无边无际的。这其中未知多于已知，和"现实"

并非一回事，小说是对后者的不满足，并尝试提供更有价值的存在。所谓虚构，就是触摸未曾被人触摸的东西。

我试图写理解人的小说。小说的目的，在于理解、开放，而不是定性、分类和异化。小说在于拉近不同世界的距离，让原本被"异化"的可以被解释。小说是"拆墙"，不是造墙。我观察世界，思考周身的生活，等到足够充分和深入，就写一个故事来表达。我和别人的区别大概仅仅是，有的人用评论表达，有的人用摄影或者绘画表达，有的人用生活本身表达，也有人用权力表达，而我选择了小说。

说到底，写小说也并不意味着异于常人，并不意味着获得了什么高人一等的权力，只是擅长罢了。如果一个写作者自认为掌握了什么秘密，那他实质上也是在追求权力：有这么一件事，全世界只有我懂，别人都不懂。毫无疑问，这就是权力。写小说是消解权力，而不是建构权力。我写小说，不仅希望戳破他人的不合理权力，也试图把权力欲从自身祛除。我想成为一个不追求权力，但是依然能够获得作为一个普通人而言就本应具有的尊严的人，有权利的人。普普通通，不凌驾任何人，不被任何人凌驾，自由地选择自己的生活，也不干涉别人的自由，不停地探索更多的可能性，就是我写作的目的。

甄明哲
2017.6

目 录

I

3　池中金龙

35　京城大蛾

65　菩萨的威力

II

97　大人们的黑狗，小女孩的鳄梨

III

121　红塔山

167　去亚细亚吧，去买一条新裤子

191　布达拉宫下的左旋柳

I

池中金龙

1

热水池下有另一个世界,这是小龙告诉我的。

小龙是澡堂老板老龙的儿子。他教我在发烫的热水中憋着气,然后睁开眼睛,那时候一种分外奇异的景象便展现在我的眼前。

老龙拥有五条街内最大的一家澡堂子,从劳动路到槐树街,本区所有头头脑脑、有脸面的人,都得来这儿洗澡。金龙大浴池的大池子又大又宽敞,池底是天蓝色的,从上面往下看,水底就好像拴着一只巨大的热气球。九岁的我憋着气,一口气潜沉到底,可以看到如同火山缓慢爆发的神奇景象。灰尘和杂物在热水里上下沉浮,汹涌而来,翻滚而去,让人想起亚马孙雨林混浊的大河,男人的身躯仿佛浸泡在水里的崎岖树干,泛着青苔似的绿色……在所有奇异景象中,最让我着迷的莫过于水里的龙。

从九岁那年开始,每个周五的夜晚就成了最让人期待的日子。我的父亲吃完晚饭，剔完牙，舒舒服服地打出一个饱嗝后，就会伸出巴掌在我的后脑上一拍，说："走，该洗澡了。"于是我欢快地看着他把换洗的衣服搁进从超市带回来的塑料袋，再用另一个小塑料袋装上一条白毛巾、一瓶洗发水（我父亲坚信，一个真正的男人洗澡只需要这两件东西），然后我们就出发了。

周五的夜晚，金龙大浴池热闹非凡。烟雾缭绕中，换衣服的，打牌的，打背的，修脚的，拔火罐的，活像集市，跑堂的伙计提着大茶壶在男人的身体间穿梭，永远有一条白毛巾搭在他流汗的肩膀上。师傅有力的大手拍打着男人宽大的后背，发出浑郁的声音。大池子的水面上飘荡着大团大团的白汽，男人的身体在其中若隐若现。我曾经无数次地观察他们，觉得他们黝黑的身体非常健壮，有一种衰老的颓废感。我还喜欢澡堂里高高的天窗、白色的石灰墙壁，天花板上挂着一层珍珠似的小水珠，一会儿就落下一颗来，像眨眼睛。

当一个槐树街男人腆着肚子，把粗壮的身体搁进有些混浊的热水，以扎马步的姿势蹲定，深沉地从胸腔里发出一声长叹之后，就要开始社交了。他的声音在澡堂子里显得格外威严："老严，来了？"老严在池子里眯缝着眼睛，很明显听到了，但他绝对不会把眼睛张开。他皱巴巴的脸上挂满了汗水，显得很丑。他会阴阳怪气地回答说："来了。"

这里是槐树街最重要的社交场所。所谓社交，就是一群大老爷们儿聚在一起泡澡，光着身子坐在一起打牌。

于是体现出一个老爷们儿光荣尊严的时刻就要到了。至少半条街的男人都在围观。你不但得牌技高超，还得会吹牛和骂人。如果能用最污秽的话骂几句工厂或单位的领导，就会得到人们一致的尊崇。通常情况下，骂人的声音越响，吹牛的嗓门越大，就会得到越多的尊敬。得到最多尊敬的人，必定身躯最臃肿，脖后褶子最多，肚子挺得最大，而鸡鸡最小。总而言之，脱光衣服之后，你浑身上下长得越丑，你就越是牛×，越是能得到在本地发号施令的话语权。在所有这些不便声张的事情中，有一样东西尤其让人尊敬，那就是文身。

我的父亲没有文身，槐树街有文身的家伙屈指可数，包括老黑驴肉店老板王兴发。这个家伙经常在澡堂出没，一泡就是一下午。每当他出现时，澡堂的气氛就会变得异常严肃、神秘，他身上的文身无疑加重了这一氛围。王兴发身边总有人围着，凑在他耳边刻意压低了声音说话，好像正在讨论外人难以企及的高深莫测的真正严肃的大事。王兴发的后背文着一头凶猛的老虎，青色的线条细腻婉转，两只眼睛发着绿光。王兴发是槐树街真正的男人，他从来不会让人看到他的眼睛，人们只能看到他背后的老虎的眼睛，还是在氤氲不清的浴室模模糊糊看到的。拥有绿色眼睛的老虎固然令人望而生畏，但当时最让我着迷的是小龙父亲身上的龙。

一条很长很大，很威武的红色的龙。

槐树街人遵循着一套逻辑：身为男人，越丑越好。令人作呕的面孔和身躯可以捍卫一个男人的尊严。如果一个男人从不洗头，浑身散发出酒气，把上衣撩到双乳之上，露出来圆滚的肚皮以及肚脐周围毛茸茸的一层黑毛，大摇大摆地走在槐树街粗壮的老槐树下，那无疑已经步入成功男人的范围了。在槐树街，一个长得细皮嫩肉、文绉绉的男人是永远被人看不起的，这样的男人毫无疑问属于娘娘腔的行列。

小龙的父亲老龙，可以算是槐树街男人中数得上号的了。老龙是个退伍兵，据说曾经真的杀掉过一个人。老龙令人感到敬畏的还有一件事，他一连日出来三个女娃，才日出来小龙一个男孩，而三个女娃都被他溺死在脸盆和茅坑。光凭这些，就足以树立起老龙在槐树街的极大威严，任何来金龙大浴池的人都不敢招惹是非。

我曾经不止一次地见到过老龙身上的红龙。老龙时常泡在澡堂温度最高的一个热水池里闭目养神，这同样是足够爷们儿的一种表现。那个池子的温度很高，一般人是下不去的。隔着阵阵白丝似的白雾，我看到老龙的胸口，那条又大又威武的龙慢慢鲜活起来，静脉色的线条逐渐变成了一种极为妖艳的血红色，一点一点蔓延到龙的全身。龙的肢体在热水里吸足了水分，伸展开了蜷缩的臂爪。无数细小的绿色鳞片支棱了起来，随着水流的晃动而晃动，仿佛用手碰一下就会变成锋利的刀片。最后，鲜亮的血红色汇聚在龙的眼睛，无论从哪个方向看，你都会感觉它在看你，让人不寒而栗。在五十摄氏度高温的水下，一条鲜红的龙正在那里踞卧，面目狰狞，不动如山。

血红色的龙在热水里不怒自威，它就那样一动不动，使得整池子的热水都有了力量，仿佛那不是热水，而是熔化的铅。过了许久，它决定从水里出来了。老龙稳稳当当地直起了身体，在此之前，他的两条大腿在水里半蹲着，就像一只竖着的青蛙，现在，他要活动活动了。他红彤彤的身体从水中浮了出来，白色的水汽像逃命的魂魄一样飞快地蒸发。红色的龙在那一瞬间，仿佛要从他身体上挣脱出来，腾云驾雾而去。

这一令人惊叹的场景只持续了几秒钟，随后龙迅速冷却下来，龙眼、龙鼻、龙须、龙鳞、龙爪重新变成了静脉色，像匍匐在身体表面的血管。就在那时候，我注意到了另外一件事情，那就是老龙的鸡鸡。

龙的尾巴在老龙小腹有着一个有力的收尾。尾巴下面则是黑乎乎的一团杂毛。在杂毛之中，老龙的鸡鸡就像一坨皱巴巴的肥肉，蜷缩在里面。

我做梦都想拥有这样一条令人闻风丧胆的小鸡鸡。

2

有一个无聊透顶的父亲，是一件令人无比沮丧的事情。

我的父亲执着地坚信，身为一个男人，吃捞面条的时候只用蒜汁拌一拌就足够了，绝对不能加任何臊子。如果一个男人在白面条里竟然加了萝卜豆腐，那离娘娘腔就不会太远。他只用铝盆吃捞面条，绝对不会用碗，用碗吃面的男人一律不够爷们儿。

我父亲坚信的事情还包括但不仅限于如下几条：男人绝对不能用洗面奶；头发绝对不能喷摩丝，染发简直是只有畜生才会干的事情；绝对不能用电动剃须刀而只能用剃刀；绝对不能有三条以上的裤子；鞋子擦一擦就可以，绝对不能用水洗，最好永远不洗；大人讲话小孩和女人一律不能插嘴；女人只能穿高跟鞋，包括爬山的时候也是。

无论如何，我父亲肯定不会允许我在身上文身。我曾经在胳膊上画出一块手表，几乎让他从沙发上飞了起来。那年夏天，槐树街的父亲们都决定把自己的孩子培养成一个真正的男人，只是方法各有不同。在槐树街，主妇们比丈夫，丈夫们比丑，儿子们比爸爸，在爸爸不中用的时候，爸爸和主妇们就不约而同地比儿子。每一个槐树街男孩都肩负着维护家庭尊严的严肃使命，在九岁那年，我的父亲命令我必须学会游泳。

但游泳没意思透了。具体而言，我的父亲是这么教我的，他把我往河里扔。他坚信，一个男人只要往水里一扔，就能自己学会游泳。他不止一次地声称，自己小时候在村里的水塘就是这么学会游泳的。于是仅穿一条内裤的我（我父亲坚信，男人在河里游泳时，绝对不能穿泳裤，必须只能穿内裤，或者全部光着），被一次又一次地抛进河的中央，我的脑袋像乒乓球似的一会儿埋入水下，一会儿浮出水面，大口大口地灌了不少凉水。我的父亲罕见地哈哈大笑，他坚信喝水是学会游泳的第一步。

　　遗憾的是，我的学习就止于这第一步了。他独特的教学方法非但没能让我学会游泳，还让我患上了恐水症。那段时间里，但凡听到流水的声音，我都会以为自己又要被扔进河里去了。我的失败和懦弱让父亲愤怒又无奈，在用皮带狠狠地抽了我三回之后，他终于放弃了让我成为奥运会游泳冠军的计划，开始琢磨让我干点别的事情了。为了挽回尊严，他加入了市里的冬泳队，那年冬天，本市首屈一指的老爷们儿都在河里破冰游泳，我嗓音洪亮的父亲就在其中。每一个早晨路过彩虹桥上班的市民，都能看到他们通红的身体在银灰色的河水里像剥了皮的海豹一样扑腾着，虎虎生威，令人敬畏。

　　九岁那年，我们的城市掀起了一阵小小的画画热潮，槐树街的每个家长都坚信，自己的孩子是像达·芬奇一样百年难遇的绘画天才。于是每个周末大街上成群结队背着绿色画板的小学生，成为我们这里非常常见的景象。我听人说，有钱的人家都让自家的孩子学钢琴、提琴，我家买不起钢琴，所以我也只有去学画画。那一年大大小小的兴趣班遍布我们的小城，除了画画，还有书法、钢笔、电脑、作文，等等。我的父亲对画画以外的技艺都不屑一顾，他曾经指着文化路两边卖字画的老头子对我说："看见没，学书法将来就是个这。"

　　但小龙什么都没有学，他既不学画画，也不学书法，每当有人问起时，老龙的脸上就显露出和我父亲类似的不屑一顾。和我父亲不同的是，他看不起包括画画在内的所有技艺。老龙不走漏一丝风声,这就高深莫测了,人们都说,老龙是槐树街最有打算的人,这种判断随着他之后的一些举动,让人们更加坚信不疑。

老龙突然停止了热衷的扑克,开始一心一意对小龙进行训练。他先是让小龙在热水池里泡着,直到他额头上布满汗水,头上冒出白汽,然后一把把小龙从里面拎出来,提到水龙头下猛冲凉水。我猜这吓坏了澡堂里的所有人,但是没有一个人把这种惊吓表露出来,因为一旦表露了害怕,就会被从槐树街老爷们儿队伍中清除出去。但每当老龙和小龙反复进行这一过程之时,澡堂里总不像往日那样热闹、喧嚣,打扑克的手停住了,人们半张着嘴看着小龙不停地被泡在热水和冷水里,这个过程每个晚上都要进行十几次之多。

七月的一个清晨,每个穿过棉织厂家属院去上工的人们都惊讶地看到,老龙和小龙在家属院的单杠上做着一系列高难度动作。当时我坐在父亲的自行车后座上,背着绿色的小画板,呆若木鸡地看着小龙赤裸上身,在单杠上一上一下。老龙站在一旁监督,背在身后的手里攥着一根又细又长的柳条,时不时地从嘴里发出极为严厉的声音:"再来一个,稳住!哎!对,往上,往上,走!"

小龙艰难地拉了一个引体向上。他细嫩的胳膊不住地颤抖,搞得我生怕它们会突然断掉。我问他们是在干什么,我的父亲极为罕见地没有回答我,他向来是得意地回答我的一切问题的。他沉默地蹬着自行车,带我离开了那里。

周末的夜晚,金龙大浴池挤满了人,其中不少人是从几条街以外过来的。那是个奇妙的夜晚,男人们一边往身上涂着肥皂,一边瞪圆了眼睛,有点疑惑又有点震惊地看着老龙一趟又一趟地把小龙从热水池里拎出来。驴肉店老板王兴发是少数几个有资格和老龙搭话的人,一起打扑克的老爷们儿把解开谜底的希望寄托在了他身上。王兴发是在小龙第七次被拎到水龙头下的时候开的腔。自打我在金龙大浴池洗澡以来,那里从来就没有这么安静过。

王兴发站起来,弯着腰,他巨大的两瓣屁股下,蒜头似的鸡鸡摇来摆去。王兴发说:"差不多啦,老龙。"他伸出手指了指:"看见没,孩子乖嘴唇都紫啦。"老龙正在密切观察水流下的小龙,仿佛没有听到王兴发讲话。看了半晌,他往小龙脑袋上一拍,用手指了指热水池:"还有三趟。"然后他才转过脑袋,对王兴发说:"一晚上十趟,这还有三趟。"王兴发愣了一愣,巨大的手掌在半空中摇了摇:"罢罢,恁家这事儿,谁想管谁管。"王兴发再次泡进了热水池,整个晚上,他没再摸牌。

整条槐树街,我是最先知道老龙秘密的人。

长久以来,澡堂都是我和小龙的游乐场,在许许多多个周末,我们相互追逐,乐此不疲地穿梭于热水池、淋浴和床铺之间,发出令人快乐的尖叫。我们赤身裸体的奔跑有一个隐秘的目的,就是向在场的成年人炫耀在我们胯下摇头晃脑的小家伙,他们偶尔瞥来的目光让我们得意扬扬。印象中，老龙对我们的游戏似乎颇不满意，但过了一会儿之后他就忙着和槐树街老爷们儿打扑克了。我还记得一群男人围坐在铺着蓝白条纹的床上操爹骂娘，争执不休，破口大骂，仰头大笑的模样。他们丑陋的身躯就是我成长的最终目标。

很快我们就发现，如果每天晚上拼命揉搓小鸡鸡三百下，就足以让它在一定时间内保持很小的形态而不会反弹。当小龙频繁地冲着热水和冷水时，我暗自得意，以为他一定是找到了更好的训练方法。我像小龙一样，把头埋进有些混浊的热水。水池底蓝色的地板线条变得弯曲、圆滑，在水池中央收拢起来，在正中间变得格外的大，仿佛一个巨大的深不见底的洞穴。在洞穴的旁边，一条红色的巨龙守卫在那里，它血红色的眼睛盯视着我，注意着我的一举一动。

"看到没？"小龙关切地问。我冲他点点头："你爸爸的龙太厉害了。"小龙冲我一笑，不无得意地向我宣布，小鸡鸡已经不能满足他了，他已经进入了下一个阶段。我问他下一个阶段是什么，他讳莫如深地摇摇头，对我说："这我就不能告诉你了，告诉你我会挨打的。"

小龙的训练很快升级了。现在他不仅仅是在热水池里泡一下就立即出来，而是在老龙的注视下长久地潜伏在水中。老龙手里捏一块黑色的电子表，神情严肃，目不转睛。如果小龙在四十秒的时候就露出水面，就会在众目睽睽之下被老龙痛骂一顿。大家很快就知道了，老龙在训练小龙的肺活量，小龙必须在水里憋气一分半钟以上，才能达到老龙的要求。

　　这真是太了不起了。在短短一个星期之内，老龙成了槐树街所有家长的榜样。在槐树街，表达对一个人最大敬意的方式是沉默。无论老龙走到哪里，三秒钟内周围必定一片寂静，只有无数双眼睛在眨。人们小心地交流着眼神，似乎在说，看，那就是老龙，槐树街真正的男人，他正在培养槐树街真正优秀的孩子小龙。

　　老龙不动声色，但他对小龙的训练像火箭似的嗖嗖往上蹿。据说，小龙已经可以连续做六十个引体向上了，而且做完之后还不喘气。现在他们的最新进展是在单杠上转圈。每个早晨路过棉织厂篮球场的槐树街群众都能看到，老龙是如何教小龙在单杠上转圈的。小龙在单杠上先是笔直地撑起了身体，接着身体像钟摆一样迅速下坠，在单杠上划出了一个惊人的大圆环。他完成一个大圆环之后并没有停止，而是继续做了第二个、第三个，很快小龙就可以轻松完成三十个大圆环了。我无法表达第一次看到他做这个动作时的惊讶，我相信槐树街的家长们和我有相同的感受。有人敏锐地看出来这是一个叫作"腹部绕杠"的动作，只有在部队里当兵的人才会。从那时起我不得不悲哀地承认，小龙已经远离了我，他正在做一些非常高级的事情，而这些事情我愚蠢的父亲是绝对不会知道的。

　　那时候我所做的事情就是画画，就像达·芬奇一样，画完鸡蛋画苹果，画完苹果画橘子，我感觉自己画了足足有一卡车的水果，都可以开一家水果铺了。我的手指被铅粉涂得乌黑，有时候连脸上都是。经过一个夏天的刻苦磨炼，我全然看不出自己画的苹果有何高明之处，同样察觉到这一点的还有我的父亲。有一天他甚至来到了画室，打算亲自看看我整天都在这里干了点什么。画室的美术老师留着长发，分外紧张，他弯着腰，搓着手向我的父亲解释，我在这个夏天进步飞快，已经可以画石膏像了。他在我的一幅画上指指点点，极力向我的父亲解释其中的可取之处。我的父亲皱着眉头，一言不发，晚上洗澡的时候，我听见他在水池里嘀咕了一句："实在不行就学学书法吧。"

在那个令人沮丧的夜晚，我长时间地浸泡在热水里，感觉自己的一生就此完结了。我永远都无法成为槐树街的成功男人了。虽然我已经在晚上的时候拼命揉搓小鸡鸡六百下，但和小龙的伟大训练相比，简直连屁都不是。恍惚中，我看到遥远的自己手拿画笔，正在画一个火龙果。那是画画中难度最高的水果了。我既没有文身，也没有令人引以为豪的丑陋身躯，也不会做腹部绕杠，还有比这更令人心碎的事情吗？我朝自己的父亲看去，他对这一切毫无察觉，正闭着眼睛舒舒服服地泡着，我知道他在琢磨让我成为王羲之的事情，但他的愚蠢让他看不到这一切根本不可能。他应该做的事情是立刻起来，教我做几个引体向上。

那天，我看着小龙轻轻松松在热水下完成了憋气两分钟的任务后，钻进桑拿房休息去了。我们已经有足足几个星期没有进行以往愉快的游戏了。友情的丧失让我失魂落魄，他甚至都没有看到我。

但很快我就找到了新的乐子，一种装着电动马达和五号电池、有着塑料外壳的赛车在那个炎热的夏末引发了槐树街男孩们的狂热。我可算是拼了命，几乎偷走了整个棉织厂家属院的废品。辛勤的汗水换来了一台装着两个马达的超级赛车，它有一个炫酷无比的名字，叫"黄金烈焰号"，它金色的外壳上描绘着红色的火焰，马力十足，气势非凡。每周在人民路小学门口的光明屋文具店，都会举办一次惊心动魄的大赛。店门口有一架三层的塑料跑道，可以让五台四驱车同时比赛。学校里最令人敬佩的男生全都到场，围成一团发出愤怒的喊叫。比赛是淘汰制，最后的冠军可以获得由光明屋老板提供的超级马达。

我参加过一次比赛，但由于车子太轻，在第二轮就被淘汰了。当时，"黄金烈焰号"排在第二，只要再领先最后一圈，就能进入下一轮。在第三层最后一个弯道，一辆紫色的"紫金杀手号"一头撞上"黄金烈焰号"的左侧，发出了惊人的碰撞声。我看到"黄金烈焰号"像一枚炮弹那样从人群头顶上飞了出去，摔在了很远的地方。我赶紧跑了过去。

我惊讶地看到了小龙，他正把一支雪糕舔得津津有味。"这是什么？"他用脚踢了一下赛车，"这是你的？"我愤怒地把"黄金烈焰号"拿起来，对他说："这是赛车，你不懂。""哦。"小龙令我生气地笑了笑，他依旧舔着雪糕："赛车有什么了不起。我要开飞机！你懂吗，我以后是要开飞机的,你懂吗?"

老龙严厉的面孔出现在了小龙身后,像一块巨大的阴影。他一巴掌拍在小龙后脑勺,小龙得意扬扬的神情立刻萎靡了下来,老龙恶狠狠地瞪了他一眼:"你吃的什么?"小龙犹豫着,白色的雪糕被他捏在手里,融化的奶汁顺着他的手指滴了下来。老龙怒吼起来:"雪糕,我让你吃雪糕了?扔了!"小龙犹豫了一下,把雪糕丢在了地上。老龙又一巴掌拍在小龙后脑勺:"走!以后再吃雪糕你试试!"他们的身影消失在人群里。

我捧着"黄金烈焰号"看着他们离开,地上的雪糕正慢慢融化。

3

高中时,小龙已经是全市最出名的学生了。

我压着分数线进了本市的重点高中。当时,我的父亲带我去交学费,身后一个烫着黄色头发、耳垂上挂着大金耳环、脸上脂粉浓重的女人从一只皮包里掏出了整整一捆人民币,交给了坐在桌子后面的人。她注意到我和父亲的眼光,问我们交了多少学费。我的父亲回答了。女人像张飞似的哈哈大笑起来:"我家孩子分不够,钱顶。"数罢后,钱被丢在了一口大铁皮箱里,那里还有另外几个敞开的箱子,装满了红色的钱。

所有的班级被分为三类,火箭班,优等班,艺术班。我进了优等班,那些交了至少几万择校费的进了艺术班,而成绩最好、最优秀的学生组成了火箭班。据说，但凡能进入火箭班的，考上名牌大学已经不成问题，他们需要考虑的只是在一堆名校里挑选一个心仪的就行了。但小龙不仅仅在火箭班，还在人数极少的体育班，据说他们以后都能被降低十几分录取。

老龙的高瞻远瞩此时终于体现了出来，小龙高中时已经练就了一身健美的肌肉。下课时我们站在走廊上，就能看到他光着上半身，和体育班屈指可数的学生们练习跨栏。他们矫健的身姿给我留下了深刻的印象，仿佛我们隔着的不是一个操场，而是整整一个世界。他们是注定属于另一个世界里的人，只不过暂时和我们待在了同一个学校而已。

我和小龙只是偶尔在走廊或者操场上碰到，幼年时的友谊现在让我们感到尴尬，我还记得我们在金龙大浴池的伟大锻炼。他有时候朝我微微一笑，或者轻轻地点点头，除此之外并没有太多交流。我成绩一般、运动一般，属于那些最为普通，没有在任何方面表现出任何过人之处的学生，对我这样的家伙来说，听听流行乐、下课后排队打两下乒乓球就已经足够了。无数的槐树街男孩跟我一样，小学时学的画画、书法、乐器已经完全抛弃，一个同学家里就有一架落满灰尘的钢琴，现在用来摆花。和火箭班、优等班不同，艺术班看上去有趣多了，有一次有人甚至带来了一把吉他，上课时我们可以听到从那里传来的唱歌声，唱的是一首叫《丁香花》的曲子。

当有一天传来了要在全市高中生里遴选飞行员的消息时，我并没有感到特别震惊。槐树街金龙大浴池老龙的儿子将来要成为一名飞行员，已经是本市远近闻名的事情。每个市民花上两块钱，就可以在周末的晚上见识到小龙在热水中憋气两分钟的本领，如果你足够幸运，还可以看到小龙在单杠上做一百五十个腹部绕杠的壮观场面。现在，槐树街家长都已经知道了，憋气可以锻炼肺活量，腹部绕杠则可以锻炼方向感，而这两项都是成为一个合格飞行员必不可少的。除此之外，小龙不吃零食、从来不在大街上吃饭的事情也广为人知。槐树街家长都有一种失落之感，这么多年过去了，没人想到老龙的打算竟然如此之大，千算万算，还是老龙最有打算。

遴选飞行员那天我也参加了。班主任环顾教室，惊讶地发现我是全班唯一一个不戴眼镜的男生。我在众目睽睽之下跑到了卫生室，那里的人并不太多。体检的第一项就是视力，穿白大褂的医生把手里的长鞭指向了最下面一排苍蝇似的"E"，我刚刚犹豫了两秒钟，就看到她做了一个挥手的动作。我立刻被淘汰了。出门的时候，我看到小龙正在一扇屏风后面测量肺活量。医生用和蔼的声音对他说："慢慢来，慢慢来，对，用力，不错！"小龙突然抬头看了我一眼，然后我就被人推了出去。

当天夜里，小龙和另外几个男生乘车去了省会，在那里他们要进行下一轮体检。这个消息很快就传遍了槐树街。从老龙第一次在大浴池训练小龙开始，好多年时间里，人们已经没有见到老龙这么高兴过了。老龙表现高兴的方式是不让人们看出来他高兴了，整个晚上，他都坐在浴室进门的地方，给人们发储物柜的钥匙。他紧绷的脸膛上乍看看不出任何表情，但如果仔细玩味，就会发现那张脸充满了一种深藏的笑意，它轻轻地缠绕在老龙的嘴角上，但绝不会继续发展成一个真正的笑。那样就太张扬、太高调了，不是槐树街老爷们儿老龙的风格。老龙只是让这层笑紧紧地绷在脸上，并且就此打住。当别人问起小龙是不是去了省会，老龙只是低着头，把钥匙递到他的手里，闷声闷气地说："去了。"

这就非同小可了。所有人都知道，老龙发钥匙从来都只是给你扔到桌上，什么时候会给你递到手里？老龙的得意威胁到了槐树街男人们的尊严，小龙的成功则威胁到了槐树街男孩们的屁股。对于一个槐树街男孩来说，他的一生早有安排，要么他的父亲早就在单位给他找好了岗位，要么就去省会碰碰运气，要么就去当兵，除此之外，就只有考大学这一条路。那天晚上，我的父亲长久地泡在热水里，月考刚刚过去，我的成绩让他忧心忡忡。和我父亲类似的还有很多槐树街父亲，他们聚在一起，沉默地感受着热水的温度。王兴发少见地和一群唉声叹气的男人搭话了，我听到了他低声说了一句："当飞行员有屁用。"

小龙是在第三天下午回来的。这个消息传得很快，对于槐树街群众来说，他回来得有点太早了。有人说，飞行员体检严格得很，这么快回来，该不会出了什么事吧。讲这话的人语气里包含着鬼鬼祟祟的侥幸,好像真的希望出点什么事似的。槐树街群众的态度很谨慎,他们说,小龙怎么说也训练了好几年,大家都见过他在热水底下憋气的嘛!不信你也下去憋个两分钟试试,早就上不来了!

然而,事实上大家很快都知道了,飞行员在本市确实选了一个,但不是小龙,选上飞行员的是五中的刘马力。在此之前,大家都注意过这个留着短发、看上去总是呵呵傻笑的男孩,他的父亲是槐树街扫大街的清洁工。人们从没见过刘马力表现出什么惊人之举,事实上我参加赛车比赛的时候就见到过他,看上去只是一个普普通通的家伙,他买不起赛车,只好站在人群里眼巴巴地看别人玩儿。总而言之,刘马力成了本市唯一一个选上飞行员的孩子。

"小龙呢?"有人问刘马力。

刘马力傻傻一笑:"小龙屁股沟里有一块痣,有花生那么大。"

简直闻所未闻,有痣还不能当飞行员了?刘马力再怎么说,也只是清洁工的儿子,他长得既不丑陋,也不威严,并且向来没做过任何可以用来吹嘘的事。在槐树街,没人把刘马力当回事儿。哪怕他当上了飞行员,人们还是将信将疑,这里头一定有什么鬼。刘马力一定是瞎吹,当了个飞行员就不知道自己是谁了。这孩子,将来准栽,槐树街家长都这么看。

周五的晚上,金龙大浴池群情激愤。每个来洗澡的人都闻到了四溢的酒气,老龙和槐树街老哥们儿再次坐在了一起,整箱的富平春打开了,猪头肉、肘子、花生、凉皮摆在拼成的桌子上。槐树街的老爷们儿个个端起酒杯,往嘴里大塞,等猪头肉踏踏实实在肚里安了家,就开始破口大骂,骂声主要针对本市政府和市长。"社会黑暗啊,真黑暗。"槐树街老爷们儿意味深长地感叹。王兴发的手拍在了老龙的后背上:"老龙,算了吧。"有人说:"阴谋,肯定是有阴谋。""八成就是暗箱操作!""那还能咋弄?""咋弄?老子写信举报他!"老龙在那个夜晚宣布了他要写举报信的伟大壮举,这个消息再次深深震撼了槐树街群众。

浴室门帘后面用来发钥匙的大木桌很快被腾开了一块地方,茶壶、茶杯和火罐被挪开了,老龙就在那里开始了和文字的斗争。浴室里暖气很足,他赤露着上身,后背搭着一条白毛巾,由于肥肉太多,那条静脉色的大龙显示出了层层叠叠的姿态。几个星期的时间里,人们看到老龙苦思冥想,丢掉了一团又一团的稿纸。有人试图偷一团出来看看,被老龙恼怒地臭骂一顿。他指示伙计把废纸全都扔进了锅炉。

王兴发饶有兴趣地围着桌子转悠了一圈,点了最贵的龙井茶,整个下午的时间里,槐树街老爷们儿密切地注意着老龙的动向。许多人的脸上出现了耐人寻味的微笑,低声谈论着老龙的一举一动。没有人注意到小龙从大浴池消失了。为什么没有人问小龙屁股沟里到底有没有痣呢?我发现自己是唯一一个注意到这个问题的人。

哪怕是在学校，我也没有见到小龙。小龙的位置现在空着，老龙给小龙请了病假，在家里休息。我的父亲轻易解答了我的疑惑，他说小龙不来浴室，主要是怕别人看他的屁股。

春节前夕，人们都已经听说，老龙给北京寄出了十几封信，足足有一巴掌那么厚，都可以出一本书了。知道情况的人说，老龙在信里什么都写啦，从他当年在部队的事开始讲起，来龙去脉，一笔一笔写了个清清楚楚。"信已经寄出去了，就等着中央派人来查了。"大浴池的伙计这么说。

槐树街静静等待着从中央来的消息。但在此之前，人们意外地见到了小龙和老龙。他们已经有两个月没有同时出现在人们的视线之中了。一个阴冷的早上，一场不大的雪刚刚停下。小龙和以往一样袒露着上身，在单杠上做起了腹部绕杠。他一连做了三十个，老龙没有让他停止。等他做到第五十个，消息已经传遍了槐树街。金龙大浴池的五个搓澡伙计神情紧张地在现场维持秩序。小龙很快做了一百个，从他的鼻孔里喷出了白气。"好！"人群中有人叫起来。清晨的阳光在那时穿过了厚重的雾霾。

老龙示意小龙继续转下去。人们嗅到了一丝不一样的气息，小龙已经做了一百五十个腹部绕杠。槐树街群众早就看过了电视剧《士兵突击》，有人不出意料地喊道："三百个！"我站在人群中，看到了小龙在单杠上不停地转、不停地转，仿佛已经麻木，仿佛已经无法逃脱……几乎是在一瞬间,小龙从单杠上掉落下来。人群中发出一声叹息,只有两百一十个,跟许三多比还是差远了。"还是本事不到家。"人群中有人感叹,这话每个人都听到了。老龙胸腔里发出了一声怒吼:"你让开。"他一把推开了刚爬起来的小龙。

老龙摇摇晃晃,开始做一个腹部绕杠。他的身躯在单杠上显得格外庞大,甚至遮住了清晨的阳光。他完成第一个动作时虎虎生风,人们脸上的表情像受到了什么惊吓。周围安静极了,老龙鼻孔里发出了马一样的喘气声。他一连做了五个,很稳,很扎实。他是在做第六个腹部绕杠的时候摔下来的,我清晰地记得他的大手从单杠上脱落的场景,看上去更像是单杠从他的手里飞走了。

他重重摔下的姿态让人心疼。地上肮脏的积雪加剧了老龙狼狈的姿态,他躺在地上,嘴里发出哎哎的呻吟。槐树街群众不知所措,没有一个人上前。小龙咬着牙,扶着老龙站了起来。我想上去帮忙,小龙抬起头,冲我喊了一声:"滚开。"他们一步一步地走回了不远处的浴池。

在那个堪称寂静的周末,金龙大浴池罕见地关门了。前来洗澡的群众非常惊讶。金龙大浴池是几条街内唯一的浴室。当时正是寒冬,棉织厂的群众议论纷纷,有人说北京收到了举报信,老龙肯定是连夜搬走了。浴室门口裁缝店的王玉芬说,关门啦关门啦,昨天晚上我亲眼看到老龙给搓澡的工人发了钱,买了酒,买了烟,还散了一箱子好茶叶!金龙大浴池关门啦!王玉芬的脸上阴晴不定,她为自己能宣布这个抢手的消息感到得意,又为以后裁缝店的生意感到担忧。谁都知道浴室门口是开裁缝店的绝佳位置,衣服需要补个扣子、裁裤边什么的,去洗澡的时候顺手带上就行了,现在王玉芬要考虑搬走了。

意外的挫折让我的父亲有些愤怒,他已经准备好了洗发水和塑料袋,打算舒舒服服泡个澡的。晚上下楼前,他打了好几个电话,依次问了飞行员遴选和怎么治近视的事情,一边打一边往我身上瞄,眼神狐疑。"能不能先留一级?"我听到他这么说。挂掉电话之后,他大概是彻底放弃了脑子里的念头,开始收拾起了塑料袋。他穿上了睡衣,穿上了拖鞋,把装着洗发水和白毛巾的塑料袋提好,颇不耐烦地在我脑后一拍,就带着我出门了。在楼下,我们看到了槐树街妇女提着洗澡用的篮子往回走,但她们的头上并没有像往常一样冒热气。从我家到大浴池只有三分钟的路,远远地,我们看到了站在铁梯上的王玉芬,她在半空中挥舞着手臂,向人们宣布了这个令人震惊的消息。

在那个寒冷的冬天,金龙大浴池的关门让很多人措手不及。老龙的名字在大家嘴里被愤愤地骂了一个冬天。我们不得不骑自行车穿过几条街去洗澡,而冬天骑自行车是很冷的。

人们再也没见过小龙。最普遍的传闻是,上头的大领导了解了所有的情况,已经秘密给老龙解决了所有问题。现在小龙已经当了特工。他重新换了一套身份,已经不是小龙了，就算你走到大街上，你也认不出他。出于保密的计划，他们全家人都搬了家。这个传闻传得神乎其神，甚至有人说，二十年内别想有人再能见到小龙，有可能永远都见不到。但熟悉刘马力的人都坚信他们飞行员朋友的话，小龙肯定是没选上，找个地方躲了起来。在高中的最后一年，小龙的消失成了槐树街的最大秘闻，本市唯一考上清华的学生反倒是无人在意。

春节刚过完，我再一次路过了金龙大浴池。那里出现了几个工人，他们忙忙碌碌地在收拾着什么。铺了铁皮的楼梯上盖着一层白雪，被工人们的鞋底踩得非常脏。我问他们在干什么，其中一个抬头看了看我，没有搭话。他们把长长的板床从浴室里面抬了出来，像丢一具尸体那样抛上了卡车。我看着卡车缓缓地发动，慢慢地离开了棉织厂格外空旷的工厂大门。

4

那年高考我到底落榜了，我深谋远虑的父亲考虑再三，决定让我去技校学电焊。他不知道从哪里看的新闻，坚信电焊一个月能挣一万块钱。于是那个夏天我卷了铺盖，来到相邻的一座城市，开始了技校生活。学校在郊区，那是个工地遍布、尘土飞扬的地方，一栋一栋大楼几乎是在人眼皮底下一下子冒了出来，不讲理地矗立在一片荒地之中。我不无得意地想，它们哪个都少不了焊工的功劳。

我每个月都回家一趟，总有些地方和以前不太一样。小学时槐树街男孩们学习画画、书法的文化宫不见了，变成了"新天地"商业街，人民公园消失了，变成了文化创意广场，出现了很多跳广场舞的大妈和大爷。槐树街越来越狭窄了，只要再拆掉几座房子，这里就会变成崭新的地方。有一天，我在几乎是陌生的广场上溜达，一个人在路上拦住了我。他叫道："小北。"

已经很久没有人这么叫我了。我转过头，站在我眼前的是一个陌生人。他的头发一堆一堆地打着卷儿，嘴唇上的小胡子很久没有打理过了。想了半天，我仍没想起来他是谁，他的声音我似乎从没听过。我再次打量了他。

他的脸颊和嘴唇红润、油亮，腮帮子像面包那样鼓着。他的下巴叠在下巴上，下面的下巴又叠在脖子上，看上去塞满了脂肪。我低头往下看，看到了一个前所未有的大肚子。它被罩在一件黄色的T恤下面，像一个活物，在薄薄的衣服下面圆润地起伏着。

这个人看着我，似乎完全没有注意到我在上下打量他。他的眼睛被埋在了浮肿的眼皮里，闪着光。只有这两只眼睛是我熟悉的，在很久之前，我曾经在金龙大浴池见到过它们。我不由得张大了嘴巴，嘴里发出了令自己感到吃惊的音节："小龙。"

他点点头。我问他现在怎么这么胖了，他几乎完全忽视了我的问题，开始向我讲述一些别的事情。

他告诉我，他的父亲花钱给他买了一个二本大学的学籍。"我现在已经毕业了,不用去学校。"我问他有没有参加高考,是不是真的生病了。他再次忽视了我,告诉我金龙大浴池被卖掉以后,他的父亲买了两间临街的门面房:"现在我每个月都有两三千房租了。"我心头一震,这是一个不小的数目,我的父亲一个月也只有一千八百块的工资罢了。

与其说是他讲的内容,不如说是他讲话的神情让我感到古怪。他讲话时是如此的平淡、淡定,好像一个人安然接受了命运的安排,并且似乎对以后的任何安排也完全没有意见一样。他平静地看着我,慢慢地讲出了这一切,然后邀请我去他家玩儿电脑游戏,仿佛我们不是好几年没见,而是刚刚分别了一天。他没有问任何一个跟我有关的问题,只是那么定定地看着我,好像散步回来遇到了自己的邻居,站在街边闲聊那么几句。

我问他玩儿什么游戏,他回答我说:"《红色警戒》。"我跟着他回了家,他们住在人民广场后面的八一路了。他指着一片地方说:"看到没,这里的房价现在这个数了。"八一路是一条很偏僻的马路,自打我有记忆起,就是小吃、家具、网吧、小美容院的聚集区。小龙走路时像一个真正的胖子那样,频繁地甩着小臂而不是整条胳膊。

"看这个,这个好吃。"他迈着胖子特有的步伐走到一个卖烧饼的摊位前,从裤袋里掏出了一把钱,凌乱的纸币像杂草一样从他的指缝里冒出来。"十块钱两个,便宜。"他这么对我解释。老板显然对小龙很熟悉,给他多加了两块驴肉。我接过热乎乎的烧饼,它在我的手里分量十足。

小龙大嚼起来,一口咬下了大半个,等到我们走到下一个摊位前,驴肉烧饼已经在他的手里消失了。他用手背抹抹嘴,指了指前面:"这个好。"他注意到我的手里还捧着烧饼,像是责怪我似的说:"你怎么还没吃完?"他买了两个甜面包,分给我一个后,再次大嚼起来,甜面包像蒸发了似的不见了。他的脑袋像潜望镜一样四处张望,直到发现了一家猪头肉。我已经吃不下了,他颇不高兴地看了我一眼,买了一个自己吃掉了。猪头肉刚刚解决,他再次发现了糖葫芦和地瓜干。半斤地瓜干几乎是被他仰着脖子倒进了嘴里,咔嚓咔嚓吃掉了。但这条路还只是走了一半,往下还有羊蹄、臭豆腐、烤鸡翅。他每一样都买了吃掉了。我看着他吃掉最后一串烤鸡翅后,又买了一斤草莓,说是要带回家吃。"这个加点白糖,加点水,泡着吃最好。"他一边走一边向我解释。

他把身上的黄色短袖撩了起来,熟练地卷到了双乳之上,用两个腋窝夹着。许多年过去了,我对这个场景记忆犹新,我的父亲直到今天依然保留着这个习惯,走路的时候露出整个肚子和两只乳头。小龙已经像个槐树街真正的老爷们儿那样,在夏日的凉风中,旁若无人地走路了。

我们在一家烧烤店门前坐下了。老板热情地招呼他。他点了烤羊肉串、腰子、羊眼、烤鱼还有两只烤茄子。

"这铺子是我们家的，我在这儿随便吃。"小龙的手朝我们后面一挥，指了指两家店。和这条街上所有的店铺一样，它们看上去脏兮兮、黑乎乎的，已经在这片角落里存在了几十年。说话间，烤串、羊眼都上来了。小龙忙活着张罗起来，他撕咬下烤串上的羊肉，一边大嚼一边用有些发呆的表情看着我："你不吃？"

我吃了一只烤茄子，看着他把黑白相间的羊的眼睛一个一个用手指摘下来放进了嘴巴里。一连吃了十只，羊眼的白色泡沫从他的嘴角溢了出来。羊腰也烤好了。它们看上去肥噜噜的，黄色的脂肪上面撒着辣椒。他喘着气，把腰子塞进了嘴巴。烤鱼上来了。他娴熟地将鱼皮撕成长长的一条，仰着脖子用嘴巴把它们接住，我于是看到了他的整个脖子，里面像是藏着一只大柚子，不住地晃来晃去。"鱼皮嚼劲大。"他嚼得很认真。轮到鱼肉了，他把鱼肉成块地叼下来，撕去鱼皮后的鱼肉是粉红色的，他看着鱼肉满意地点点头，吃掉了它们。"你真的不吃？"他再次用有些呆呆的眼神看了看我，我犹豫了一下，吃掉了最后一块鱼肉。

他几乎是用欣赏和陶醉的表情看着我吃掉了它。

他再次在手背上擦擦嘴巴。"走，上楼，我家就在楼上。"他指的是对面的一栋楼。我跟着他进了楼梯，那里散发着一股尿骚的臭味，墙上用煤块写着"随地小便死全家"。我突然意识到这是这么多年来我第一次来到小龙的家里。

屋子里看起来很寻常，布局几乎和所有槐树街家庭的布局一样，三个卧室，一个客厅。客厅里摆着老式的皮沙发，毛巾、健身球、电视遥控器、钥匙随意地丢在沙发和茶几上。茶几下面塞满了花花绿绿的塑料袋，还有装饼干的铁盒子。除此之外，房间里散发着一种熟悉的旧气。

小龙的卧室最大。他径直走向了电脑，电脑看上去还是十年之前的模样，像一个机器人的大脑袋。电脑启动的时间里，他洗了草莓，用糖水泡上，盛了一大碗放在电脑旁边。游戏启动之前，他已经吃了五六个草莓了。他一个人玩儿了一局游戏，过了好半天，他扭过头，两只眼睛看着我："你不玩儿？"

我说你先玩儿。我朝四周看去，墙壁上挂着中国地图和世界地图，书架里杂乱地放着几本《故事会》、塑料工艺品和汾酒酒瓶。一张床上凌乱地堆着毛毯和衣服。"你爸呢？"我问小龙。"钓鱼去了，他天天钓鱼。"小龙头也不回。我看着他右手握着鼠标，左手飞速地提了一只草莓出来塞进了嘴巴里，已经完全沉浸在游戏中了。在书架的角落，摆着一个相框。相片里，我看到一个长相酷似小龙的年轻人，身着绿军装，站在一架银色的喷气式飞机前面笑着。他看上去是那么年轻，明亮的阳光照亮了他的脸庞。飞机在他的身后闪闪发亮。照片旁边写着一行小字：一九八〇年，××人民公园留念。在照片的旁边，我看到了另一样东西。

那是一台四驱赛车。我轻轻地把它拿下来，放在手掌里。它看上去很陈旧，外壳是金色的，灰尘渗到了塑料里，没有放电池。没有错，这是一台"黄金烈焰号"，它比记忆里要轻多了。我禁不住回头看了看小龙，他专注地玩儿着游戏，脑袋和手不停地飞速抖动着。从电脑音箱里传出了激烈的厮杀声，屏幕发出冷冷的光，映出了小龙背影的轮廓。

我看了他很久。

我喊道："小龙。"他转过头看着我。"我们来玩这个。"我说。

就像小时候那样，两个人玩四驱赛车需要一人站一头。小龙站在阳台，从那里有一条走廊一直通到客厅，我就在客厅等待着。我看着小龙给赛车放上电池，打开开关，四驱赛车的马达像童年一样飞速地转动起来，发出干涩的噪声。我对小龙说："把赛车放地上，我接着。"他手里握着赛车，一动不动。"把赛车放下。"我再次对他说。

他一手握着赛车，一手扶着门框，努力地往下蹲，庞大的身躯几乎填满了门框。过了半晌，他抬起头，看着我。那时候我听到他说："小北，我蹲不下去了。"我赶紧跑过去扶着他，把他扶到了床上，赛车被丢在了地上。他坐在那里，喘着气，手不停地抹掉额头滚落的汗珠。

赛车在地板上没命地乱撞。

晚上，我在飘溢着食物香气的街上慢慢往回走，突然想起很久以前，小龙告诉我，在热水池下有另一个世界的事。在混浊的热水池下，从人身体上冲洗下的尘埃和灰粒静静地随着水流上下浮沉,让人想起电视里亚马孙雨林的大河。

我们曾经一次又一次地长吸一口气潜伏下去,幻想自己变成了一条游荡世界的鱼。在那里,一条红色的大龙守卫着,让我们对另一个世界不寒而栗。我还想起有一天,在小龙憋气两分钟浮上来之后看到了我。"水脏死了,你眼睛迟早会瞎掉。"我坐在水池边对他说:

"还想当飞行员,做梦吧你。"

就是从那时起,我们不再讲话了。那天,我没能见到槐树街当年最有威望的人物老龙,我后来时常在河边溜达,希望发现哪个钓鱼的老头身上裸露出文身,可是这种事一次都没有遇到过。但在回忆里,老龙和他身上的文身似乎变得格外清晰起来。小龙书架上的照片令我印象深刻,我惊异地发现,老龙在记忆里不过是一个苍老、肥胖的普通人,和他年轻时充满朝气的面孔截然不同。童年的幻想,仿佛因为穿上衣服而一去不回了,似乎长大就是一个不停地穿衣服的过程。

金龙大浴池关门以后,一家新的洗浴中心就在原地重新开门了。无论从哪方面看,这家叫"大浪淘沙"的洗浴中心都比金龙大浴池气派多了。我的父亲在我一次回家的第二天早上,兴冲冲提了塑料袋,带我光顾了那里。

我们沿着铺着红地毯的楼梯往上走,门口穿着黑色西装的小年轻替我们开了门。"欢迎光临。"他们操着不标准的普通话齐声说。于是我的父亲惊异地看到里面的摆设和金龙大浴池大不一样了。一个梳着金黄色波浪头发的女人穿着一件欧洲贵妇的裙子站在前台,她像一个巨人那么高,不得不俯下身子和我们讲话,我怀疑裙子下面是不是藏着一副高跷。她让我们脱掉鞋子,我们脱掉了。另外一个女人把我们的鞋子放进了一个柜子,交给我们一个钥匙牌。"四十块。"女人说。"多少?"我感到父亲哆嗦了一下。"两个人四十块。"女人再次说。

我们要回了鞋子。

我和父亲低着头重新穿上了鞋。父亲坚信洗一次澡绝对不能超过两块钱,否则就只有傻瓜才会去。"王兴发作得不轻。"我听见他骂了一句,我这才知道大浴池属于王兴发了。我曾经路过以前的老黑驴肉店,那里变成了丽江大酒店。我完全搞不懂丽江和我们这里有什么关系,但那里看起来相当高级,灯火通明的夜晚,门前停满了黑色的轿车。那些车子甚至停到了马路上,每个槐树街群众路过的时候都不得不像虫子一样从车子的缝隙之中挤过去。

那天,我固执的父亲带着我把小城转了大半,去了三家熟悉的澡堂,但那里都变成了高级桑拿浴。以前光着膀子倒茶的小伙子,在门口站得笔直,皮鞋锃亮,脖子上还系着黑领结。他们把我们上下打量了一番,似乎在判断我们的钱包是否足以在这里消费。

我还记得父亲骑着自行车,在冬日的冷风中执着地骑往下一个洗澡堂的情形。他打听过价钱后从门里出来的时候甚至不敢看我的眼睛,试图用愤怒来遮掩失落。

那天，我的父亲一次又一次踩着红地毯往下走，楼梯又窄又长，我们不得不侧着身子走路，他手里的塑料袋磨蹭在墙壁上发出了窸窸窣窣的声音。我听到他一边走，一边像条委屈的狗似的咕哝了一句："到底咋回事？"

（刊于《作品》2017年第5期）

京城大蛾

1

一个朋友没评上正科,晚上,他叫我出来喝酒。

我们在小馆子见了面,点了凉菜、热菜,我带了瓶苏格兰威士忌。他抚摸着瓶身,嘴角往下一沉:"这是北京带来的?"我说:"也没啥,北京任何一家便利店都能买到。"

他叹了一口气:"要结婚的人了,北京还没去过。"我说:"你在家挺好,有地位,不像我,在北京做一个公司小职员罢了。"他没说话。我把威士忌倒在一次性塑料杯里,菜上来之前,和他先喝了一个。热流滚入胃袋,立刻微醺了。他咂摸着酒味,半晌才再次开口:

"你说,北京到底是什么样的?"

他前途无量,不到三十岁已是副科,对象也是公务员,两个人刚买了新房。我去过那儿,在本市的河边,一开窗就能看到小时候玩耍的沙河。河水清澈见底,沙洲上有白鹭,经常在河面盘旋。房价一平米八千块,市长住在同一个小区，别墅。

他一开腔，我就知道这人老毛病又犯了。他对我说，几年来，每天下班，他都去河边散步。"河边有很多老头钓鱼，还有玩耍的小孩子。我就想，二十年前，我就在这条河边玩，二十年后，说不定我也还是在这儿钓鱼，跟这些老头一样。"他犹豫了一下，说了句意味深长的话，"仿佛能看到二十年后的自己朝我走来。"

我劝他："别瞎想，北京没什么好的，至少我见过的如此。我知道你在想什么，你想像马尔克斯一样，在伟大首都搞创作是不？"

他沉默了。

他从小就想当作家。我笑话他是做白日梦，他总是嘿嘿一笑，那种笑很有野心，意思是你等着瞧吧。整个大学时代，他都在不停地写东西，但从来不给任何人看，像秘密一样捂着藏着。后来，他给我看过一篇发在晚报上的小说。我把报纸扔在桌上，问稿费多少钱。从那之后，他再也没给我看过他写的小说。

大四时，他冒出了去北京的念头，像着了魔。他反复跟我解释："得去北京，你看看大作家，都是在北京成长起来的，余华、格非、阎连科都去了北京。我在这儿不行。我必须立即去北京。我已经不年轻了，在这个年纪，很多大作家差不多都出书了。"他当时这么跟我说。于是他就考研究生，考北京的名校。第一年没进复试，第二年也没有，第三年，父亲让他考了公务员。本市最好的单位，一考即中。"这就是命！"他喟然长叹。

"我不怕吃苦。"沉默了片刻,他又说。

"在北京,比你能吃苦的人多得是。"我对他说,"很多人把吃苦当作是正在奋斗的错觉,其实只不过是自欺欺人罢了。"他再次沉默了。我们又喝了两杯,就在那时候,我脑子里突然蹦出了罗文这个名字。

那是我刚到北京时遇到的事。

想了一会儿,我说:"你不是想去北京当作家吗?我就认识一个。"

"你还能认识作家?怎么没听你说过?"他的眼神里流露出一丝轻蔑,仿佛我是一个俗人,仿佛文学的事儿,我这种外行难以触及。对此我早就习惯了。虽然我和他一样读中文系,也读马尔克斯、海明威和库切,但我不写小说,只是读罢了,我没有他那种文艺青年的抱负。

我说:"这件事太离奇了,以至于分不清是真的还是假的,现在感觉还跟看电影似的。你要是想听,我就当个笑话跟你讲讲。"

朋友的鼻子里发出了轻微的嘲笑声,他说:"你讲吧。"

2

刚去北京那会儿,我住在一个地下室,三环边儿,一月七百块钱房租。地下室冷得像老鼠洞,臭气难闻。我一个人住单间,还算过得去,但还有一家三口住一间屋子的。什么人都有,卖保险的、卖房子的、贴小广告的、送快递的。总之，那地方糟透了，自打我住进去的头一天起，满脑子想的都是怎么快点离开那儿。

我要说的这个人就住我对面，洗澡的时候偶尔碰到过。地下室有一个公共厕所，所有人都在那儿洗澡。他个子很高，平头，浑身的肌肉非常匀称。两条健壮的大腿，看上去千锤百炼。那时候刚过完年，北京还很冷，他竟然用冷水洗澡。一边洗一边大声唱歌，唱的是《阿根廷别为我哭泣》。歌词他大概没记全，很多地方含混带过。在简陋的地下室厕所里，他洗得很开心，那劲头简直像是在一家五星级大酒店里洗澡似的。

刚开始，我闷在房间里投简历，每天都要投上几十份。看电脑累了，就去门口抽烟。对面的门经常开着，似乎从来不关。他坐在一张电脑椅上，半仰着看书，封面遮住了他的脸。我看到封面写着"菲尔丁小说集"。我跟他打了招呼，问他是干什么的，他用让人有些尴尬的神情说，他是个思想者。

京城还真是什么人都有，我心想。他问我是不是刚来北京，我说是的。"进来坐。"他把我招呼进了房间。

房间的地板仿佛刚刚拖过三遍，在白炽灯下反射着光。墙角放着一张宽大的书桌，上面摆满了书，像一座纸城堡。一盏台灯垂着头，照亮了摊开的白纸，上面似乎写着几行字。旁边搁着钢笔和墨水瓶。墙上贴着几张作家照片，我看到了海明威和科塔萨尔。照片是用A4纸打印的，全是黑白照。

墙角有一只行李箱，对面的窗户下面挂着两件衣服。

多余的装饰品一概没有，垃圾桶看上去像从来没装过东西，只是在那里搁着罢了。总之，一切极度简洁。在那个肮脏腐臭的地狱一般的三层地下室，他的房间简直像海明威写的，"一个干净明亮的地方"。

我们聊起了天。刚到北京那会儿，浑身上下都洋溢着一种微妙的氛围，很容易跟陌生人掏心掏肺。大概是京城太大了，每个人都从外地过来，像无根的浮萍一样在这里漂，不由得会产生一种命运相通之感。

他告诉我，他在这儿已经住了半年。之前，他游历了厦门、福州、杭州和上海，每次待半年左右，这次决定暂时留在北京。我问他在这些地方都干什么，他的回答我现在还记得，记得清清楚楚，一字不差。他对我说：

"思考，写作，生活。"

如果平时有人这么说话，我一定会哈哈大笑并且再也不把他放在心上。但在当时，可能是因为环境和氛围，也可能是因为他认真的眼神，我压根笑不出来。我特别想知道他到底是怎么生活的，生活费从哪儿来？去了这么多地方，路费都不少吧？父母不管他吗？

我想到了许多小说里的人物，苦行僧，流浪者。多多少少，我有些激动。到底是北京啊，我心想。这样的家伙，如果出现在我的家乡，一定会被人看不起，像条狗一样受尽嘲笑，被人骂作"不通时务"。我对他产生了极大的好奇。

"从杭州到北京，走走停停两个月，大概花了两百块吧。"罗文说，"至于生活，生活并不花费太多。你知道梭罗吧？你觉得不够，是因为你的欲望太强烈。生活并不需要太多的东西。几件衣服，几本书对我来说足够了。对我来说，随时可以收拾行李，去我想去的任何地方。"

可是，到底是怎么做到的？两百块钱能让一个人生活两个月？他回答我："没什么难的，逃票你不会？我去了这么多地方，火车上唯一花的钱是有一次买了瓶矿泉水。"

这都可以？我在脑子里问自己，安检怎么过，查票怎么办？但他接着说最喜欢坐动车。"动车最容易逃票，几乎没人查。"我压根不相信他的话。我坐过动车，要把票插入机器才能进站。他很显然对这个问题厌倦了，只是随便地说：

"你得观察，胆子大一点。"

我不是那种适合聊思想和哲学的对象，总是对具体的问题感兴趣。他的表情和语气显露出淡淡的轻视。过了一会儿，我提出告辞，他同意了。

我注意到房间的另一面墙。最初，我以为贴的是什么壁纸，走近了才发现，一整面墙贴满了大而光滑的白纸，写了不少字。我凑近墙仔细看。

写的东西五花八门。我看到了北大、北师大的课程表，一些课程被他用黑色的水笔圈了又圈，英国小说史、黑格尔思想研究和心理学概论；还有一些大概是他的笔记，标注着日期。字体有的整齐，有的潦草，有的像喝醉了之后写下的胡话。在占了半面墙的字中间，醒目地用红笔画着一个日程表。我几乎立刻想起了《了不起的盖茨比》中的那一张日程表。罗文的日程表上写着：

8:00——9:00 跑步，锻炼
9:00——12:00 写作
14:00——17:00 阅读，笔记
17:00——18:00 冥想
21:00——22:00 跑步

下面有一行小小的标注：

上课时间除外。

我问他，你很喜欢跑步？
"对。"他回答，"灵魂和身体是统一的。"
说完，他把我送出了门。

3

工作不好找，简历投了一个月。我毕业的学校没有名气，只能揣着毕业证到小公司碰碰运气。面试去了几家，也都没过，钱倒是花了不少。有天晚上，为了省下打车钱，我走了一个多小时才找到地铁站。

北京晚上风大，那地方正在修路，风吹起来全是沙尘。晚上回到家，又没有热水，我自己烧了一壶，把毛巾打湿了往身上擦。那一刻，我差点就坚持不住了。我问自己，为什么不能和别人一样回家考公务员？那会儿我觉得，自己简直不像人，像老鼠，像一只令人作呕的窝在洞穴里的老鼠。

我好几天没出洞穴，甚至没下床，被子裹在身上玩游戏。被子潮乎乎的。你见过超市卖的香飘飘奶茶吗？一块钱一包的那种，喝下去甜得要命。香飘飘我买了几十包，我只买得起这个，也只想喝这个，又热又甜地喝下去，让我有了虚假又饱满的幸福感。我一边喝奶茶，一边忍着眼泪，一边玩儿游戏，不知道什么时候是个尽头……

罗文走进我房间的时候，我就是这个状态。

他把脸凑过来，盯着我看了一会儿，居然笑了。我听到他说："你这是要死啊。"然后就被他拽了起来。我被他架出了老鼠洞。五天以来，我头一次见到地上的阳光，它是那么残酷、无情，像是要把我给照透了。我的第一反应，是挣扎着想回到洞穴里去。我相信，如果没有罗文，我绝对不会重新回到地面上。

罗文说，来了一个多月，北京好玩儿的地方都没去过吧？忘了狗屁工作吧，人生还有很多更重要的事。我已经无所谓了，只是任由他胡说八道，跟着他往前走。阳光明亮地照射着，让我畏惧。我觉得自己像一具行尸走肉。

吃过饭后，我们去了北大。坐在教室最后一排听课，讲的是现代文学。已经很久没听到有人说沈从文、老舍和巴金了，他们仿佛是一些老去在回忆里的名字。北大的课堂，北大的老师，在那里坐了一会儿，我渐渐产生了重新活过来的错觉。罗文甚至要到了一个女生的微信。

晚上，我们一起去了什刹海的酒吧。我点了威士忌，酒太好喝了，深邃、激烈、火辣，比香飘飘奶茶好喝一万倍。什刹海每一个人看起来都很快乐、亢奋。欢笑的声音从远处传来，又渐渐远去。风很凉爽。那是我在北京一个多月过得最好的一天。我想起自己的大学时代，读康德、读尼采，听摇滚，像疯子一样强迫自己看了超过三千部的电影，否则就觉得没脸见人……我的眼神迷离起来，或许，这才是北京。

我又喝起了啤酒。歌手唱起了民谣。歌声中，罗文对我说：

"你太紧张了。你应该生活，而不仅仅是生存。"

我大声地说："这种生活根本不可能，我得找工作，挣钱，买房子，找老婆，生孩子……"

他和同来的北大女孩被我逗笑了，笑得直不起腰。罗文说："你已经被周围人绑架了。你应该读读尼采，读读克尔凯郭尔。去旅行也行，总之，别管别人怎么想。"我说："你少来，尼采的书我大学没少读，抵不上我爸骂我的三句话。不考虑这些问题，将来要吃亏的。"话一出口，我就觉得怪异，这话仿佛是从我父亲嘴里说出来的。

"我大二就退学了，人要过有难度的生活。"罗文轻描淡写地说。

那一刻，我竟然这么羡慕他。他开始跟那个北大女孩讲自己写的小说，自己的经历。罗文说，他已经三年没和父母联系了……

他们两个再也不看我一眼,我觉得自己愚蠢透了。"那你怎么赚钱,怎么生存?没有生存,谈什么生活?"我几乎是怒吼着喊出了这句话。

那两个人面面相觑,大笑起来。

我真的喝醉了,一直睡到第二天中午。

我在洗手间用冷水浇了头,回来的时候,刚好看到罗文和昨晚的女生端着脸盆从房间里出来,脸盆里搁着牙刷和毛巾。冷水从我的脑门上流下来,顺着脖子和腋窝流了下去。我愣愣地看着他们,他们也看着我。我被他们看得很狼狈。

("他们睡了?"我朋友插嘴问。"岂止睡了,他们在一起了。我简直搞不懂沈琪在想什么。"我就了一口酒,接着讲故事,"现在想想,可能是我的存在衬托出了罗文,让他身上的某种特质得到了放大。")

女生叫沈琪,几乎没跟我讲过几句话。她像疯了一样迷上了那个家伙。后来我才知道她有多有钱,咱们努力一辈子,恐怕买不了她家的一辆车。这种女生,居然肯在耗子洞一样的地下室和罗文在一起睡觉……我觉得她是疯了。

她一周来一次地下室。晚上,地下室非常嘈杂,可以听到隔壁小孩的哭闹,不知是谁弹起了五音不全的吉他,有人摔碎了什么东西,电视播放着晚间新闻……隔着走廊和两道门,沈琪的尖叫声传了过来。她不停地喊着罗文的名字,罗文,罗文,罗文,往下就不堪入耳了。

我当时猜测，虽然说出来不太好听，但罗文一定是被她"包养"了。我一直纳闷他的收入来源，现在，我总算明白了。

一个星期之后，我才敢问沈琪的事。罗文说，沈琪父母在北京有一套别墅，他去过几次。第一次去的时候，他提着一盒蛋糕，保姆以为他是送外卖的。

罗文笑得非常夸张，眼睛瞪得溜圆，一副不可思议的神情。他还用手指了指自己的鼻子："她以为我是送外卖的，哈哈哈，她以为我是送外卖的！"他笑的时候鼻子几乎碰到了我的脸，像是在质问我。

他的笑声回荡在阴冷的地下室里。不知为何，跟我说话的时候，他总是大笑。我总有一种感觉，仿佛那些让我焦虑的问题，在他看来都没什么大不了的。他有时候是在自嘲，有时候则是在嘲笑别人，有时候则是毫无顾忌的得意。

我问罗文，他到底是怎么做到的，比如追求沈琪。

他再次大笑起来："你知道，我把过太多妹了。"

他笑着摇摇头，叹了口气："我把过太多妹了。"

那样子像是一个饱经风霜的人在自我感慨。

一天，我在房间看书，从罗文那儿借来的《瓦尔登湖》。正读着，有人敲了我房间的门。进来的人是沈琪。她是来找罗文的，但他没在房间，我让她坐着等一会儿。她进房间的时候我看到，她的两只手里抓着一、二、三、四、五、六，整整六双高跟鞋。我之前从没见过这么漂亮的高跟鞋，黑色的两双、红色的两双、金色的两双,它们一尘不染,璀璨夺目,简直像六件闪闪发光的艺术品。

她一屁股坐下来,弯腰把六双高跟鞋搁在地上。我翻看着书,但已经找不到刚刚读到哪里了。我听到沈琪问:"他跟你说起过我?"

我回答说是的,生怕她再往下问,因为我不知道该怎么跟她说话。她出现的时候,我总觉得自己的×丝气质在一瞬间暴露无遗。我把书搁在了桌子上,那样子一定很可笑,就像小学生一样端正。但我不得不这样做,因为书抖动得非常明显。

还好,她只是轻轻点了点头,自顾自点了一支香烟。她把香烟含在唇间,眯着眼抽了一口,一点一点地把烟吐出来。烟缭绕而上,像某种物质的魂魄,一直飘到潮乎乎的长着黑绿色霉斑的天花板上。她眯着眼睛看着那烟,完全把我给忽视了。她长胳膊长腿,整个人陷在了椅子里,脸藏在黑色的头发间,看上去非常颓废。我觉得她真是酷毙了。

过了一会儿,她把脸侧过来,对我说:

"加个微信吧,罗文有什么事我好联系你。"

她把手机伸过来让我扫码。我掏出了自己的手机,触目惊心地看到了屏幕上蜘蛛网状的裂纹和缝隙里的黑色污垢。扫码之后,我几乎是自惭形秽地把手机重新放回了口袋。

没过多久,罗文回来了,我们都听到了从走廊里传来的脚步声。

我长出一口气,他再不回来,我就要晕倒了。转瞬之间,沈琪精神倍增,像打了鸡血。"等了你老半天!"她隔着门喊起来,长长的十指伸进去夹住六双高跟鞋,像抓着两串香蕉,"哐"的一声撞开门出去了。我听见门外传来了她的笑声。

"说!哪双好看?"

直到现在,我还记得那些像宝石一样闪闪发光的高跟鞋……

4

五月份,我终于找到了工作,一家公关公司,我主要写一些软文。工资不高,但对于拯救我的生存来说,已经足够了。人总得先生存,往后才能生活不是?我买了一副新耳机,到公司有一个小时的路,路上,我就听歌。

公司楼下有家便利店,我偶尔去买早点。在那时的我看来,便利店商品惊人的齐全,最吸引我的是那些外国烟和外国酒。

我不止一次地从外国小说中读到它们的名字,威士忌、伏特加和龙舌兰,《苏州河》里的马达和牡丹自杀之前,不就喝了一瓶伏特加吗?我在小城时,找遍小城所有的超市,也找不到一瓶货真价实的伏特加。但在北京,普普通通一家便利店,就有十几种外国酒,而且并不算贵。发工资那天,我买了一瓶伏特加。一个人喝很无聊,就去了罗文那儿。他的门几乎不上锁,自从上班以来,我有段时间没有见到他了。

他背对着我坐着,脸对着里面的窗户。

一扇巴掌大小的窗户,外面有一层生锈的铁丝网,封死了。从窗户出去是一条人行道,白天的时候,可以看到行人的鞋子从窗前走过。

玻璃很脏,像蒙着一层雾气。顺着他的视线,我只能看到一盏小灯,发出乳白色的光。我看出那是路口的路灯。灯柱上面贴满了小广告,电线乱七八糟地缠绕着,像一个人五天没洗头。一到晚上,灯泡下总聚集着乱舞的飞蛾。

有些蛾子大得吓人,像人的巴掌,翅膀上面还有两只忽闪忽闪的眼睛。它们飞舞的时候,从翅膀上挥洒出金色的粉末……

罗文转过来,我向他展示了手里的酒。

"我不喝酒,最近要跑马拉松。"他说。

也好,罗文并不知道伏特加和自由的关系。他本身就是自由的人,我的伏特加故事大概只会让他发笑。我注意到他眉头皱着,似乎在想什么事情。他对我说:

"你可以就在这儿喝,我看着你喝没关系。"

他找来了一次性纸杯。我把伏特加拧开,倒在里面,喝了一口。整个大学时代朝思暮想的东西就这样被我喝了进去。胃里火辣辣的。那味道像浓缩的二锅头。

我问罗文刚刚在看什么。

"没什么。"他伸了一下懒腰,"你呢?最近上班怎么样？"

"还好，就是得不停地写软文，全是垃圾。"

我俩沉默了一会儿，他看上去不在状态，有些低落。我问他最近有没有发表什么新作。他脸上出现了厌烦的神情。"不能为了发表而写作，要为了思想而写作。"

他给我了几个泡椒凤爪。凤爪白生生的，放在嘴里像是婴儿的手指。我总以为这东西是用老太婆的嘴加工过的。我不知道老外是怎么喝伏特加的，但在北京的地下室，我就用凤爪配伏特加喝。

"对了，你加了沈琪微信？"他像是不经意间问了一句。

我回答说是的。

"把这个婊子给我拉黑。"

我以为我听错了。

他生了极大的气，像上次一样把脸凑过来。他的话里包含了十足的嘲讽，唾沫星子砸在了我的脸上。我浑身不舒服地哆嗦了一下，用手擦了一下脸。他完全没在意，看了我一眼，接着骂："女人，不是想钱的婊子，就是有钱的婊子。"

我这才意识到，很久没见过沈琪了。

当时，罗文喝着白开水，我喝着伏特加。他彻头彻尾给我上了一课，高谈阔论关于女性的观点。他讲起之前的几个女朋友，那模样简直有些咬牙切齿："你知道女人是什么东西吗？就是给你找麻烦的东西。一会儿想吃这个，一会儿想喝那个，一会儿想买这个。你要是做不到,她就会离开你。"

我问他到底交过几个女朋友。

"有几个吧。"他嘴角微微发笑,语气中不可避免地流露出几分得意。我一下子又觉得,他并没有我想象的那样愤怒。

我想,之前猜测的"包养",大概是弄错了。但沈琪不是很有钱吗,还会让他买东西?我越想越糊涂。泡椒凤爪顶不住伏特加,胃开始疼了起来。我只喝了不到一半,跟他说我要回房间了。他说可以,回去吧你。

我推门的时候,他站起来送我:"在我有钱之前,绝对不会再碰女人。"

大概是从那之后,他更加拼命地学起了英语。在我上班之前,他就已经起床大声地朗读了。之前,我在他的墙上看到过学英语的计划,但从没见过他这样努力。有一天,他跟我说认识了几个老外,他们甚至一起游览了颐和园。他的书桌上,多了一张和老外的合影。

照片上有三个老外,两男一女,头发都是淡淡的金色,眼睛很蓝。罗文在他们中间,应该是他举着相机自拍。四个人都笑得很开心,尤其是罗文。他的笑没有丝毫防备,我见过罗文朗声大笑,但从没有见过他笑得这样平常,这样普通。

照片让我感触到了一点复杂的东西。"他们是我最好的朋友。"罗文甚至这么对我说。我不无心灰地想到,或许,我连罗文的朋友都算不上。可除了我,也没有见过他有和别的人来往。我开始替罗文感到难过了。

周末,三个老外来到了地下室。他们甚至搬来了一台电脑和幕布,在罗文的房间里玩儿起了游戏,实况足球。我的门半开着,看到罗文一趟一趟地从房间里出来,买回来啤酒、可乐、薯片和香烟,又一趟一趟地把空啤酒瓶从房间里拿出来。

老外很吵,从他们的嗓音里发出了我不懂的音节。我想上去帮忙,他几乎是表情冷漠地拒绝了我。

他们一直吵到很晚,晚些的时候,罗文拖着一个老外出了房间。我闻到他身上的酒味儿和狐臭。气味大得惊人。老外高出罗文不少,他只能吃力地架着他,脑袋从老外的腋窝下伸出来。老外半醉不醉,嘴里含糊地囔囔。这次我听懂了,他问厕所在哪里。

我要上去帮忙,罗文再一次拒绝了。他的反应让我非常惊诧:他让我尽量离老外远一些。仿佛这些老外是他的私人物品,我没有资格碰触。

我看着罗文一点一点把老外扶到厕所。

后来响起了音乐,我不记得罗文还有音响。事实上,他房间里既没有网线,也没有电脑,几乎没有任何现代设施。等老外离开的时候,已经是深夜两点了。"罗文!"我听到他们用古怪的普通话喊着,"罗文,罗文,好人。"

第二天早上,罗文来到了我的房间。

"抱歉,昨天没顾上你。"

他的两只手插在裤子的口袋里,看上去显得很自然。没关系。我跟他说。

"他们是我最好的朋友。"罗文说。

"你跟我说过了,我看过你们的照片。"

他有些尴尬了,没话找话地说,你今天不上班吗?我回答说是周末。他点点头。半晌,我问他老外是哪里认识的。他似乎如释重负,跟我说是留学生,一边说,一边坐了下来。我们又闲聊了几句。

"其实,我最近在考虑移民。"

"移民?"我惊诧地问。

"在国外写作才更自由,你明白吧……"

他言辞闪烁地看着我,眼睛里闪着光。

我问他,钱从哪里来呢?他用以往那种微弱的厌烦的表情说:"只要你想,总会有办法的。"他是如此的自信,听他这么一说,移民似乎是一件很简单的事,随随便便就能做到。他的眼睛闪烁着光芒,像是看到了什么非常遥远的事情。我知道他已经不在这里了。

那段时间,我开始谋划搬出地下室。

我认识了公司一个女孩,老家是河北的,已经在北京工作一年。每天,她都要催我快交稿子,好给客户交差。时间长了,我决定约她出去玩,她答应了。

我们吃了晚饭,她单穿一件薄薄的浅紫色外套。令我意外的是,她是个读书迷。她给我展示了手机里存的书单,其中有一半我读过,一半没有。饭后,我们沿着路边走。路过万达广场,从地面上喷出了长长的喷泉。

她脱了鞋子,光脚走在地面上。

"你会跳舞吗?"她问我。

她走在喷泉中间，手背在身后，走起了舞步。水花从她周围四处溅落下来。她示意我一起，我很紧张，生怕水弄湿衣服。我咽了口吐沫，到底把手放在了她的腰上，她没有拒绝。晚上，我送她回了家。

她和另外两个男生合租了三室一厅。来北京三四个月了，我头一次进入一个女孩的房间。床看上去干净舒适，铺着糖果色的床单。床上摆着一只布偶熊。窗外，一盏路灯闪着昏黄色的光。

从隔壁传来了电脑游戏的声音。我问她，在这儿住方便吗？她说还好。"你看到外面那盏灯了吗？"她问我。我说看到了。她说，她最喜欢这个房间的窗户，可以看到外面的街景。"过年下雪的时候，灯光昏黄，雪簌簌地落下来，非常美。在那个时候，会感到自己有一丝微弱的自由。"她接着说。

我不由得想起了同样曾经在地下室凝视窗外的罗文。

"我会想到自己是在北京。"她看着窗外，慢慢地说，"北京，这个词语包含了我对自由的所有向往和畏惧。无论如何，我喜欢这里，无论如何，我一定要留下来。"

她告诉我，隔壁的男生马上就要搬走了，房租一个月一千四。

"你愿不愿意搬进来。"她的眼睛看着我。

我立刻答应了。

5

但先离开的人是罗文。

"我要搬走了。"他对我说,"这里太喧嚣。"

他告诉我,自己在五环以外的郊区找了个地方,已经交了一年房租。"你不感觉北京也没什么意思吗?"他问我。我问他哪里来的钱,他的回答让我感到震惊。

"北京有很多大学,你知道吧?"他说,"有些地方会做一些药物测试什么的。你听说过吧?"

"你做了测试?"我瞪大了眼睛,"万一出了事情怎么办?"

"一般不会有事。"他淡淡地说,"大不了吐几次。"

我有点揪心地看着他,劝他找份正经工作,他拒绝了。晚上,我再次劝他。他显露出一种混杂着不屑以及捍卫尊严的神情。

他伸出手,五指像一道墙一样挡在我面前:

"你不必再说了。"

临走之前,他把一堆书撂在了我的房间,自己只收拾了一个行李箱和一个背包,那是他所有的东西。我看到他最后把老外的合影放在了箱子里。我说送他过去,他再次拒绝了。

"多谢,不必了。"

但他没有拒绝我送他到地铁。站台上,他像是跟我做永久告别似的握了握手:"祝你生存顺利!"

"祝你生活成功!"我说。

我回到地下室，从罗文房间钻出飕飕的凉气。哪怕是已经搬走了，他的房间依然一尘不染，整洁得要命。我走进去，打开灯，一整面墙壁的字已经撕掉不见了。

我坐在椅子上，像当初他所做的那样看着窗外，只看到空荡荡的路面。路灯绿色的灯罩让人想起警察的帽子。已经是秋天了。

一个星期之后，我和公司那个女生一起搬了家。"这些书都是你的？"她惊讶地问我。我告诉她是一个朋友的。我们足足运了五趟，才把所有东西运回了新家。在北京，我终于有了一个像样的房间。我把罗文的书整整齐齐地码放在一起，像他那样垒成了一座城堡。

没过多久，房子里另一个男生也搬走了。我们一起买了简单的家具，她买了不少绿植，养了一只猫。房间一点一点地装扮起来。那时候我觉得，北京生活算是真正开始了。时间离我住进地下室已经过去了九个月。

后来，工资涨了一次，我俩收入加起来有一两万块。我们开始盘算着出国旅游。她为去欧洲还是美国犹豫了很久。"毕竟读了那么多小说，还是先看看巴尔扎克的故乡。"我最后做了决定。

我回家办了护照，她之前去过新加坡，早就有了护照。之后开始存钱，我不想花她的钱，只有耐心再等待一段时间。我们周末就一起去餐厅吃饭，偶尔去看话剧。罗文的书被重新放在了书架上。

有些晚上，我打开窗户抽烟。烟和冰冷的空气混杂在一起，让我放松。北京的夜晚，说不出来，总觉得和别处的不一样。夜幕里亮着千千万万扇窗，我知道每扇窗后面，都有一个正在期待的人。

偶尔，我会读读菲尔丁的小说，读梭罗、尼采和克尔凯郭尔，但再也没有第二个"思想者"出现。直到后来，他在微信上联系了我。

时间又过去了九个月，我已经又搬了一次家。

"最近怎样？"他问我。

我说挺好，问了他的状况。

"来我这儿看看吧。"

女友问我他是谁，我告诉她，这是一个思想者。

周末，我坐上了地铁。按照他给的地址，坐到了最后一站。出站后，又走了十分钟，到了一个公交站。在一个荒地旁，十几个人和我一起等着。车来了之后，一头向更远的郊区驶去。

公路两侧出现了成排的平房，都是红砖建造，看上去坚固结实，泛着淡淡的尘土的白色。杨树肃穆高大。一条排水渠在公路一侧时隐时现。公车每次停靠都有人下车，却未见有人上车。行驶了一个多小时，我不禁产生了自己是否还在北京的困惑。

两个半小时后，终于到站。一个看上去非常宁静的村庄。村口的空地上聚集着几个老人。狗垂头丧气地趴在一旁。原地等了三分钟，罗文从一条水泥路中间出现了。

他身上裹着一件看上去相当厚实的外套，头发还是短短薄薄的一层。在厚实的外套下面，穿着一条运动裤，一双蓝色的凉拖鞋。脚是光着的。看到我后，他伸出手扬了扬。我们拥抱了。村口的老人往这边看了一眼，然后默默把头转了回去。

他给我带路，我们各自说起了近来的状况。让我欣慰的是，和预想的不同，他看上去更加开朗，或者说更加自信了。"××大学新校区就在这儿，我经常去跑步。"他跟我说。我把菲尔丁的小说从包里掏出来给他。他笑了一下："你不用还我了。"我有点困惑地看着他，他解释说："对我来说，这些已经没有意义。"

他住在一个大院子里，是一个养殖场。最里面一排是用来居住的平房，两侧都是长长的灰瓦房。他指着瓦房介绍："动物农场。"罗文告诉我，以前这里出租给一个农业大学，饲养试验用的动物。之前养过猴、鼠、猫，还有各种家禽。现在已经荒废了，重新翻修之后租了出去，仅有的动物是一只猫。

"还有一只神奇的生物，晚上就能看到。"罗文眨眨眼睛。

罗文住在平房里的一间。和之前的房间一样，整洁、干净。书又堆积了很多，说是网上买的。我没有看到墙上有字，但书桌上依然放着一本摊开的白纸。大概在见我之前，他重新翻开了一页新的。黑色的笔和墨水在一旁。除此之外，我嗅到了消毒水的味道。

休息了片刻，他带我四处闲逛。我想起了试药的事，问他身体有没有不舒服。他说没事，也就吐了几次，然后把身上的衣服又紧了紧。我觉得他穿得有点太厚了。他推开一扇瓦房的门，我看到了地上散落的几个铁笼子。

"只有这一间还剩着这个,别的都已经租出去了。"我问他都租给了什么人。他指着其中一个房间说:"懒人。"

房间的窗户全用纸糊了厚厚的一层,纸被晒得不成样子,惨兮兮地泛着白色和黄色。"那里面住着一个人。我来这儿快一年了,才见他出来一次。听房东讲,他在这儿住了三年。不知道在干什么。"罗文说,"没准也是个思想者,正在写一部伟大著作。"听了他的介绍,我倒是产生了一种毛骨悚然之感。

我们沿着村庄慢慢走,他告诉我,附近还有一所高中,周末的时候,经常有女学生翻墙出来玩儿。他脸上显示出得意的神色,似乎又想告诉我一点什么新鲜事,但最终打住了。我说:"这里实在太偏僻了,我怀疑是不是到了河北。"

他哈哈大笑起来:"北京比一般人想象的要大,几年之内,我不打算再去市区。""那你要干什么?""一个人二十多岁的时候,是要留下来点什么东西的。"他的眼睛看着我,闪闪发光。我那时候知道了,他肯定正在写什么东西,他野心十足。

傍晚,我们在院子里搭了个桌子,面对面吃饭。房东给我们找来了两个板凳。那是个神色严峻的老头,一头硬茬茬的白发,他看着罗文,不停地叹气,罗文笑着把他推开了。我们摆了两个凉菜,炒了三个热菜,一件啤酒,一边聊天一边喝。天色逐渐暗淡下来,院子里亮起了一盏大灯泡。

干掉两瓶啤酒之后,我试探着问罗文需不需要借一点钱。他一开始没有讲话,过了片刻,说可以。我笑了起来,他说可以的时候,我有一种放心的感觉。我跟他说,他没必要这样折磨自己,工作也是一种生活。他冷笑起来。

天色越来越黑了,灯泡有些刺眼。"你看。"罗文指着灯泡说。我看着灯泡,它看上去非常刺眼。院子里的每一个细节都照得黑白分明。罗文有一半脸是黑暗的,另一半则白得吓人。"看那儿。"他说。我再次朝灯泡看去。就像当初在地下室路口的路灯一样,几只小虫围着灯泡飞舞。然后,像是突然冒出来似的,一只巨大的飞蛾冲灯泡扑了过去。

飞蛾比我在地下室见到的还要大,像一张人脸。它奋力地挥动翅膀,让自己肥胖的身躯一次又一次地扑打在灯泡上。伴随着每一次扑打,金色的粉尘挥洒起来,把灯泡四周弄得一片弥漫。灯光变得昏暗、摇摆。我觉得整个院子都在摇动。

大蛾的翅膀被光线照得半透不透,我看到了四只巨大的眼睛。上面两个小一些,下面的一对大得吓人。眼睛有着金黄色的轮廓,中间的眼珠则是黑色的。随着翅膀的扇动,四只眼睛像是在轮流眨着,看上去像一张诡异的面具。

"它每天晚上都来这儿,第二天早上就消失。"

我有些恶心地看着它,它太大了,大到令人发毛。一些粉尘洒落下来,飘荡在院子里,其中一些撒到了饭桌上。一次性塑料杯里的啤酒上,斑斑点点地落了一层。

金黄色的酒在微微发颤。似乎那些粉尘是活的,正在酒里颤动、挣扎。

"干了。"罗文说。我说喝就喝,和他一起喝了个见底。他笑着说好好,你应该来这儿生活,扔下你的狗屁工作。我们丢掉了塑料杯,直接就着酒瓶喝。粉尘也落在了饭菜上,我们用筷子把饭菜扫了个干净。罗文举着酒瓶,有些狞笑地问我:

"你说,这笨蛾子,整天晚上没命地瞎扑腾什么?"

我说我不知道。

"就是太笨了。飞蛾扑火,它连什么是火都分不清。太笨了,连电灯泡和火都分不清。"他哈哈笑起来,"笨蛾子,但愿它早点被活活烫死。"

在空旷的院子里,罗文的笑声格外扭曲。我意识到,他笑得有点太多了。记忆里,他不笑的时候就只有让我拉黑沈琪那次。他自顾自地笑起来,像是在嘲笑我,也像是在嘲笑他自己。他笑得都喘不上气了。他咳嗽起来。

大蛾的粉尘落在了他的头发和肩膀上,很快积攒了厚厚的一层。他的脸也变成深灰色了,从两颊上扑簌扑簌地往下落灰,撒了一桌子。他猛烈地咳嗽着,啤酒掉落在地,"砰"一声摔得粉碎。他还想笑,嘴巴兀自张得很大,像是吸了一口不存在的空气。他的两只手拄着桌子,桌子震动起来,一片狼藉。罗文往后一仰,倒了下去。

我赶紧过去扶他。他的脸和脖子抽搐着,大口大口地喘气。我把他的扣子解开,里面钻出来一股难闻的臭气。外套下只有一件白色长袖，密密麻麻地布满了发黑的血斑。等我把整个外套扒下来，才看到他两条胳膊下面都变黑了。

我撩开那件血衣，他身上，肚子上，胳膊下面，全长出了一层毛茸茸的东西，像羽毛不像羽毛，摸上去一手灰。我都快吐了。他大概用过什么东西把那层灰刮下来，流了血，皮肤上结了一大片一大片的痂……

我慌了，大声叫了房东。房东跑了过来，我打了120。我大声地问房东这到底是怎么回事，老头怒声骂了一句，丫的自作自受。罗文在地上打起了滚，他的嘴里哆哆嗦嗦地喘着气，地上的尘土被吹了起来。从他的嘴里含糊地冒出了一连串话：

"五十万,五十万,五十万……"

村子被惊动了，没过一会儿，院子里站满了人，狗在狂吠。人们大声嚷嚷，村委会，找村委会。有人说找村委会有屁用，赶紧送医院。又有人说，白醋浇浇，该不会是传染病吧。这句话让所有人都害怕起来，我很快被拉到一边，人群中间空了出来，只有满地的酒瓶、摔碎的碗碟。在酒瓶中间，罗文发了疯一样挣扎、打滚，灰尘漫天。

晚上，他被送到了附近县里的医院。我一直跟着他，在那个时候，我突然想到了沈琪，给她打了电话。当时，有实力救罗文的只有她了。她很快赶了过来，第二天，罗文被转到了另一家医院。在医院，我最后一次见到了罗文，他躺在隔离病房，头发被剃光了。他的病历卡让我惊讶，那上面写着：罗文山，十九岁。后来，我只是听沈琪说，他被转移到了精神病院。

那是我最后一次知道罗文的消息。

6

"你跟我开玩笑呢？"朋友盯着我问。

"我跟你说了，这事太离奇。"讲完这么长一段话，我有些疲倦，从杯子里喝了一口威士忌，酒精纯净温暖，让人放松。

"你当个笑话听就行。"

"×的，他不是说他上过大学吗，怎么只有十九岁？谁把他送到精神病院的？"朋友突然破口大骂，浑身颤抖，"你骗人！十九岁大的孩子你看不出来？他的小说呢？长篇呢？他写的东西呢？"

我说："你冷静一下，他的东西被房东烧掉了，说太晦气。"

"王八蛋！"他站起来大骂，手里拎着威士忌的酒瓶。我看到他的手也在哆嗦。

"你没拉黑那个沈琪，是吧？你还有她的电话，是吧？你现在的对象好像不是你说的那个公司女生，是吧？"他的声音都有些嘶哑了。

我说你喝醉了，说什么胡话呢。

"你刚在北京买了房子，我没说错吧？就凭你，买他奶奶个腿！"他越来越激动，话越来越多。

我掩盖住嘴角的微笑,否认了这件事。

他喝醉了。我跟旁边围上来的人解释,喊他们帮我拉住他。他很快被几个人拽住了,酒瓶卸了下来。我掏出五百块钱给老板结了账。不用找了,帮忙叫辆车,我跟老板说。"滚,王八蛋,我不认识你!"朋友还在大骂,一只鞋子从他脚上踢飞了,"龌龊!我不认识你!"

我用手拍了拍他的脸说,你清醒点,自己说什么知道吗?我也有点生气了。他竟然这么说。虽然十几年交情,但他现在只是一个副科,竟然连我都敢骂?我劝他回去醒醒酒,明天趁我回北京前,给我道歉。

我们一起把他塞进了出租车。我嘱咐司机,快点开,趁他没发疯之前,把他送回自己的新家。

(刊于《青年文学》2017年第5期)

菩萨的威力

1

黄昏的时候,闻佳看出来李默有点不大对劲儿。他的眼神空空荡荡,像两只空瓶子。他俩站在走廊,全班同学都在那儿。班主任捏着长长的成绩单,挨个喊着班里人的名字。他喊到谁,谁就可以进教室选一个座位。他念了十几个名字了,还没有到李默。他要是多考几分,就能往前坐一两排。

"别泄气。"闻佳是李默的同桌,她试图去安慰李默,她不知道李默在为别的事情发愁。

"我不是为了这个。"李默踹了一下墙壁。墙壁上布满鞋印儿,为了防止学生自杀,整栋教学楼都用不锈钢栏杆封闭了,所有人都把怒气发泄在了墙壁上。痛感从脚趾一直向上蔓延,让李默觉得踏实。他犹豫了片刻,对闻佳说:"是因为中午的事。"

"什么事?"闻佳问。

"中午我在午睡,外面突然响起了敲门声。声音大得吓人,听上去根本不是敲门,而是砸门。我就起来看看是怎么回事儿。

"我看到我爸站在家门口,一手握着油饼,一只手把铁门上的布帘掀开了一个角。他伸着头,一边吃一边看,嘴巴不紧不慢地嚼着。我家住的老房子,前面一个大走廊,每层楼有三家住户。砸门声还在响,我爸一边吃一边看,外面肯定发生了什么事儿。"

"到底是怎么了?"闻佳问。旁边几个人也围了上来,说说,怎么回事?

"有个男人在踢邻居家的门。"李默说,"他双手抱着肩膀,看架势是想打架。我家隔壁住着王阿姨,是个寡妇,她开门的时候手里还端着碗筷,穿着一件单薄的印花布外褂。她也没搞明白怎么回事儿。怎么了?你是谁?你干吗这么踢门?王阿姨问他。"

怎么了?男人叫起来,你把我的饭给弄脏了!

什么饭?什么饭弄脏了?王阿姨问。男人指着王寡妇的鼻子,老子住在一楼,告诉你——你家阳台上的水——滴到我碗里了!王阿姨愣了愣,那你想怎样?你踢门干什么?

"这不关我的事,但他们就站在我家门外的走廊上,简直跟我家客厅没什么区别。"李默顿了顿,接着说,"我看到王阿姨脸色苍白,手一歪,半碗面条滴滴答答流在了地上。我爸这时候开了门,但两只脚还在屋里。他一动不动,只是把门打开一个缝隙看着。"

你别拽我!把你的手拿开!王阿姨喊了起来,你干吗拽我！你想动手？！男人的手伸向了她的肩膀。王阿姨尖声喊着庆义的名字，那声音就像是扯破了一块布。

你想怎么着？想叫人了是吧？男人拽着王阿姨的肩膀摇晃，像晃着一个麻袋。王阿姨的头发顿时松散开来。我让你给我叫！男人一边摇一边骂，我让你给我叫。

"×，这么混蛋。"闻佳骂了一句，"然后呢？"

"庆义出来了，他是王阿姨的儿子，一米九的大高个。庆义往门口一站，男人的手一下松开了，往后退了一步。怎么？你们想打人？他这么说着，又往后倒退了半步，就有点想走的意思。他的手臂重新抱在了胸前，翘着屁股站得笔直，让人想起一只斗鸡。"

庆义飞起来一脚，踹在了男人的肚子上。他低着头，捂着肚子，不出声。过了一会儿，他才慢慢地直起腰，额头上一层汗。但他什么都没做，只是低着头拍掉身上的土，那模样就像个小学生。

有话好好说嘛。他抬起头，很和气地一笑，你看看，这是干什么，你们以后注意点就行了。

男人又往后退了两步，退到楼梯口，突然又用手怒指寡妇和庆义：

下次要是再这样，有你们好瞧的！

他一边指一边往后退，就这么下楼走了。

周围的人忍不住笑了，李默也在笑。"你就是为了这件事不高兴吗？"闻佳说，"有必要吗？跟你也没什么关系。"这时，班主任喊了李默的名字。"还是老位置。"李默对闻佳说。

班主任站在门口看着李默:"你不感觉进来得有点儿晚吗?"李默像是没听到,他走到教室第五排靠墙的位置,拉开一张椅子,又拉开一张。他走到最里面,靠墙坐下。他发现自己的腿正在发抖。

他清楚自己这是怎么了,他明白自己为什么难过。他不知道今天这事儿如果发生在他们家会怎么样。或许李树功不会开门?或许他还会握着油饼看着?他在想如果开门的是王雪芬会怎么样,她的儿子并没有庆义那么高大。

"你别放在心上,那种人哪儿都会有。他故意把门踢那么响,其实也是心虚。"闻佳随后走进了教室,在李默旁边坐下。

"我也这么想,我没事。"李默贴着墙壁,感受到墙壁正在托着他。

不知道从什么时候开始,李默发现自己其实挺胆小的。说来奇怪,他凭什么就胆小呢?他想这可能是遗传,她的母亲王雪芬就是个胆小的人。

王雪芬似乎什么都怕。她怕李默在学校里和别人打架,怕突然哪一天被学校给叫过去。她害怕自己生病,有时候舌头颜色的变化也会让她寝食难安好几天。她怕和任何邻居有任何纠纷,哪一个似乎都惹不起。她还怕听到各种各样的新闻,她怕看电视,她怕从那上面得到任何消息。似乎对她来说,任何新消息最有可能首先是坏消息。

让她害怕的事情还不止这些,她最害怕的就是听到有人给李树功打电话。她怕极了。那些电话一打来,就会从李树功嘴巴里蹦出一些她不知道的事情。那些消息隐隐约约,忽明忽暗,像是从阴间蹦出来的小鬼。

母亲的叹息,总是随着父亲的电话应声而起。

刚开始,李树功开始做生意那段儿时间,王雪芬其实挺喜欢听李树功接电话。今天这儿接了一个项目,明天那儿有一个工程。好像蒸蒸日上,总也忙不过来。可过不了多久,她就发现她错了。那么多活全都白干了,他一分钱都要不回来。李树功的电话对王雪芬来说,就和定时炸弹没什么区别。

"天哪。"有一次她正在洗菜,李树功来了电话。王雪芬侧着耳朵听着,李树功电话里的词语让王雪芬惊心动魄了。她手里的一把雪里蕻抓得紧紧的,菜汁混合成一股从指缝里流出来。"天哪,"她这么低声说着,"这还让不让人过了?"李默手里正在切一个土豆,他的手也在发抖。

那段时间,李树功的电话只要一响,王雪芬和李默就会警觉地竖起耳朵。他们又惊又怕,不想听但又控制不住自己。

然而越是怕,就越是有事情发生。

那天李默一个人在家,大概是下午三点多一点,有人敲门。这里是不是老李家?隔着铁门,一个男人把脸凑过来。李默打量了一下,那家伙戴着灰色的鸭舌帽,迷彩服上脏兮兮的全是石灰,是个脸庞宽大、留着胡楂的男人。背后跟着另外三个人,一个手里夹着烟屁股,一个双手插在裤袋，还有一个正在往楼下张望。看上去，他们像是从工地上来的人。

"是，但我家里没大人。"

"你爸呢？"

"他三天没回家了。"

李默很惊讶自己会这么镇定。过一会儿他又觉得没什么好惊讶的，只不过是一件早有意料的事情发生了而已。他在脑子里早就让自己镇静过几千遍了，从李树功第一天没回家开始，他就觉得有点奇怪，现在他终于想明白了。

"你们就在门外等吧。"李默说。

没人再理李默。四个男人在走廊里抽起了烟，过了一个多小时，他们就走了。

李默没告诉王雪芬这件事。他甚至细心地清理了他们留在走廊里的烟头。他不知道这么做对不对，是不是要先让她有点心理准备呢？王雪芬知道了，肯定会整天担惊受怕，他不想让她这样。他打了个电话，把这事儿告诉了李树功。

"到家里来了？"电话另一端，李树功挺惊讶的样子。他居然笑了。李默想不通他为什么笑。

"你在哪儿？"

"没你的事儿，我过两天就回去。"李树功说，"没你的事儿。"

然而还是来了。有天放学回家，给李默开门的居然不是母亲。他一眼就认出来是那天带头来的家伙。他转身朝屋里说,不是老李。进屋后,李默看到另外三个也在。他们坐在家里的沙发上,要么双手放在膝盖上,要么抱着后脑勺仰着。

他们只不过瞥了李默一眼而已,脸上一点儿表情都没有。李默看到桌子上放着四只一次性纸杯,里面的茶水一点儿都没动过。杯子是他们家很久没用过的,一株迎客松在上面张开怀抱,上面还有三个黑色的楷体字:

迎——客——松。

地板上全是鞋印儿,全是,连卧室都是。大号的胶底鞋印儿,黑压压的一片连着一片,夹杂着碎土和泥块。这里发生了什么事?李默走进卧室,那儿的门刚才是关着的。他打开门,看到王雪芬正对着电话大喊:"你快点给我回来!"接着啪的一声,电话摔在地上。她从椅子上滑倒在地,比那电话还快一点。她看到李默进来,立刻站了起来。她的一只手拄着红色的椅子。

"回来了?"她用手捋了一下已经散乱的头发,出了门,随手把儿子给关在了屋里。李默把耳朵贴在门上,他听到王雪芬的声音从客厅里传了过来。

"他的事情我不管,你们该找他就找他。"王雪芬说,"你们不能干扰我们的生活。"

"是是是。"几个男人应声道。接着一片沉默。

没过多久,李树功回来了。五个男人下了楼,女人在厨房里做饭。"你饿了吧?饭这就好。"王雪芬把儿子叫到厨房。锅里热腾腾的蒸汽看得人眼有点发晕,李默觉得厨房热极了。王雪芬在锅里下了面条,放调料,好像什么都没发生。她盖上锅盖，没有看李默一眼。蒸汽从缝隙里蒸腾起来，笼罩了房间。过了一会儿，王雪芬抬起眼皮，低着头对李默说："你下去看看，别出什么事儿。"

李默下了楼，但他在楼道里碰见了正在上楼的李树功。李树功步履稳健，朝李默摆摆手。

"回去回去，没事。"

李默站着没动。他看着他上楼的背影。他什么都不知道。王雪芬也是。

一天中午，王雪芬回家的时候，怀里抱着一个古怪的东西。李默看着她把它放在客厅的桌上，小心翼翼的样子。它浑身上下缠着绸缎似的白布，裹得严严实实，看不出是什么。王雪芬在房间里四处走动，瞧瞧这儿，看看那儿，最终选定了地方。她拿来了抹布、水盆，把客厅角落的一张桌子打扫干净。之前，那张桌子是用来放水果和杂物的。之后，王雪芬从布袋里掏出来了一个香炉。

李默还以为自己看错了，但是没有错，真的是一只香炉，金灿灿的，和寺庙里的一个样，只是没有那么大。王雪芬一边摆弄，一边嘴里念念有词，还给了李默一个严肃的眼神，让他站在一旁，不能笑也不能乱动。接着从布袋里拿出了更多的东西，底座、烛台、蜡烛、小碟子，还有大大小小好几样点心，全都一样一样摆好了。最后，王雪芬把包裹着白布的东西放在底座上，伸出手，把白布一圈一圈解开。

渐渐地，它露出了头、露出了眼睛、露出了白瓷的身体，完全暴露在李默面前了。它端坐在一堆白布中间，像刚剥好的玉米，浑身白嫩嫩的。李默终于看清楚了，这是一尊观世音菩萨像。

王雪芬恭恭敬敬地拜了一拜，重新端来了一盆清水，甚至拿来了一条崭新的白毛巾。李默看着王雪芬用毛巾沾湿了水，仔仔细细地拂去了菩萨表面的灰尘。她先是擦干净了菩萨的脸颊和胸脯，接着是宝瓶，最后是青色的莲花底座。现在，菩萨看起来清洁光亮了，反射着一层细腻的白光。李默觉得整个客厅一下子变得陌生起来。

王雪芬点燃了蜡烛，又用蜡烛点燃了长香。三支黄色的长香，冒着烟气，被插在了香炉里。她又从沙发上拿起一个沙发垫，放在地上。之后，她跪在上面，双手合掌，闭上眼睛。从她的嘴里发出了一阵低低的、连续的，但是含糊不清的声音。

她开始磕头了。她把头磕在地上，一次，两次，三次。头撞击在地面上发出轻微但是沉闷的声音。仿佛还不够崇敬，仿佛还不够虔诚，她又跪了好一会儿，从嘴里再次发出了默念的声音："菩萨保佑……"

她重新抬起头，额头上多了一块灰白色的污迹。王雪芬严厉地对李默说："快，过来拜拜。"

李默跪下了。他偷偷地朝菩萨看过去。菩萨细长、平静的两只眼睛，几乎面无表情。他磕了三个头。膝盖下面，是家里的老式沙发垫子。他脑子里莫名地想到，大概沙发垫子从来没想到，自己会变成一个蒲团吧。

王雪芬欣慰地笑了。她摸了摸李默的后脑，嘱咐说，以后，对菩萨要敬畏，无论发生任何事，都不要触碰。

　　"可是，他回来怎么办？"李默问。

　　王雪芬的脸僵住了，布满阴郁。缓缓地，李默听见她咬着牙说：

　　"畜生，只要他敢……"

2

　　"那是谁？"闻佳捅了捅李默的胳膊。

　　李默抬起头，看到教室门口侧身站着一个人，毛发很重，胡子和头发脏兮兮的。他闪了一下，然后退到了走廊里。过一会儿，又出现了。他只露出来半个身子，好不让别人看到他。他两只发亮的眼睛像盯上猎物的鬣狗一样闪烁着。

　　"他是不是在盯着我们看？"

　　现在是下午第二节课后，有四十分钟的时间吃饭。李默的晚饭是热干面，有一个同学每天晚上都从学校后门翻到外面，给大家带回来热干面吃。学校的饭真是太难吃了。热干面油乎乎的，粘在塑料袋上，好像是塑料袋融化在了上面。他手里的一次性筷子干枯得都发叉了，散发出淡淡的异味。教室里人不大多，不是去吃饭，就是去操场散步。

　　"不知道。"不过李默知道那男的，他挺出名的。有天学校在操场开会，散会后学生们排着队上楼梯，有一对情侣旁若无人地在楼道口接吻，就是这个男的没错。有几个老师路过，装作没有看到。

李默想起来他的名字叫邓天一，所有人都知道，他的父亲出钱给学校修了一座教学楼。楼下树着一块石碑，他父亲的名字就刻在那儿，名字后是一个大得惊人的数字。在本市的电视台上，这张面孔也时常露面。他穿着西装，和市委书记谈笑风生。

"他来这儿干什么？"闻佳还在自顾自地说话。邓天一从门口退了回去，再也没出现了。

李默掇起塑料袋，从窗口丢了出去。学校后面有堵墙，下面就是垃圾堆。他看到桌面上留下了塑料袋弯曲折叠的纹路，又细又长，像是水纹。他拿出了卫生纸，先是把上面热气化成的水给擦掉，然后擦掉褐色的面酱。他觉得自己的桌子挺乱的。

他把面前足足有十几斤重的书本搬下来，把书下面沾满铅笔碎末和卫生纸碎屑的地方也擦了一遍。他把那些书给整理干净。但他脑子里在想着别的事情。他觉得那些书的重量，让他手显得不那么无力了。他举着那些书，不知道自己是怎么了。他盯着那些揉成一团的卫生纸，不敢抬头。他的腿又在抖了，但他试图去忘掉它。

"喂！"两根手指在桌子上敲了一下。

乔飞站在那儿，俯下身子。

"我要是你，现在就回家。"

李默抬起头，乔飞伸出手放在他肩膀上，拍了拍，他听到乔飞说：

"你摊上事儿了。"

他走开了。

闻佳把手放在他的肩膀上："怎么回事？不会弄错了吧？"李默的胃扭曲起来，他看着乔飞离开，他觉得闻佳的脸也扭曲了。所有的事情都扭曲了。乔飞走到教室门口，一只脚迈出了教室，但他停住了。他和门外的什么人说了几句，然后朝这儿打了个手势。他示意李默过去。乔飞是班里的混混，在外班认识很多人。

走廊里出现了很多人，黑压压的一片，至少有二十个。这些人或者一言不发，或者轻声耳语，谁也听不到他们究竟在说些什么。他们把脸贴在教室走廊的窗户上，每一扇窗户上都有几张人脸。

教室里安静了，那么多人往走廊里一站，教室里的光线变暗了。

邓天一再次出现在了教室门口。所有人都停下了手里的动作。一些女生聚在一起，畏惧地往外面看。几个男生坐在那儿一动不动，他们的视线在李默和邓天一之间来回移动。班里学习最好的那几个学生，则像是什么都没发生。他们俯在桌子上，桌面上摊开复习资料，仿佛周围的一切和他们没有任何关系，仿佛他们在安心学习。快高考了，一分一秒都是耽误不得的。

乔飞又跟邓天一耳语了几句，李默看到他朝自己伸出手指，再次做了个过去的姿势。"别去！"闻佳拽着他的胳膊，"肯定是搞错了。"但李默站起来。管他呢？他想，自己没干什么错事。闻佳又拉了他一把，但没能拦住。李默站在了教室门口，不知道自己是怎么办到的。他的腿还在发抖。发抖。抖。

"有事吗？"李默这么问，他吞了口唾沫，尽量放轻松。他不想让别人看出来什么。

邓天一笑了笑，他伸出手，把手背贴在李默胸口，手指抬起了李默的下巴。接着反过来，手指拨弄李默衬衣上的图案，那是一串字母。他在抚摸。李默喉咙里一阵恶心。他觉得自己变成了一块木料，周围投射到自己身上的目光，像刀尖在无声地切割。

"别装傻。"

啪，邓天一给了他一个耳光。不重，但李默不由得往后趔趄了一步。身后不知道是谁用膝盖顶了他一下。他又往前趔趄了几步。

走廊上围成了一个圈，把李默围在了中间。邓天一伸出手，抓住了李默的衣领。他的脸凑了上去，李默感到他鼻孔的气息，热烘烘，臭腥腥，似乎刚抽过烟。邓天一贴着他的脸，慢慢地说：

"你知道是为什么。"

人群背后出现了骚动，传来了凌乱的脚步声。"就在那儿！"李默听到有人这么喊。转瞬之间，周围的人散去了一半。李默看到班主任走了过来。只一会儿工夫，走廊里的人全不见了，像水流进了下水道似的。

"你这是想干什么？"班主任问。

"你别管。"邓天一盯着班主任。片刻，他歪着眼睛转向李默，伸出手指，在李默的脸颊上划了一下。"你等着。"他就这么走了。

"没事吧?"班主任问李默。

"没事。"李默说。他回到教室,闻佳走了过来。"我刚才把老师给叫了过来。"她说,"怎么回事?"李默说谢谢,但他就没说别的什么。只有他一个知道,邓天一撞到他的时候说了那么一句:放学体育馆后面见。

他觉得肺里面那股棉絮一样的东西突然顶了上来,他俯下腰,哗哗地吐了出来。那些还没消化的面条,混合着黄水,就像一场泥石流。

已经是深夜了。

李默懒洋洋地往上看,看到了星星。

树林里水杉的叶子随风晃动,在夜空里看上去像是黑色的水草。在河流的底部,星星闪烁不停,像是鱼群的眼睛。李默觉得他嘴巴里的血味儿不那么重了。

没人知道李默居然会打架,他自己也不知道。他觉得自己的手还在发抖,但是那种有力道的发抖,连他的脚也是。他眼前看到的所有东西都在抖动,声音也在颤抖。他深吸了一口气,然后把那气用力地吐出来。他知道自己错过了晚班车,回家也已经太迟了。

轻轻地,他打开了门。李树功躺在沙发上睡着了,电视里播报着晚间新闻,他的鼾声像是一头河马。卧室的门是关着的,王雪芬似乎已经睡了。有时候就是这样,李树功会睡在沙发上。李默换了鞋子。

"几点了?"李树功醒了过来,含糊不清地问道。"十一点十分,我把电视关了吧?""别关。"李树功说,

"先别关，我看新闻。"他摸到了遥控器，但只是调了一下声音。他又睡着了，手里还握着遥控器就睡着了。李默关上了电视。

他在卫生间注视着自己的脸，突然之间有那么点儿得意，那毕竟是一张经历过战斗的脸。他发觉自己浑身都是尘土和枯草。他的鼻子像两个流血的窟窿，嘴唇紧紧地贴在牙齿上，他必须要用很大的劲儿才能把它从牙齿上撕下来。他伸出手指的时候发现它们几乎给踩烂了，但他毫不在乎。他脱掉了外套，胸脯和肚子上红彤彤的一片，有点张牙舞爪的味道。他把自己浑身脱了个精光。他看着自己的身体，通红、柔弱的身体在他面前，像是个陌生人。为了不被人发现，他拼命地护住了自己的脸。现在，除了嘴巴有点肿，他的脸看上去还不错。

他注视着自己的身体——它是那么的陌生，柔软——在过去的日子里，它逐渐长大了不少。它布满了新鲜的伤口，那些伤口像一个一个的小眼睛，在石头缝里盯着李默看。他惊喜地发现，自己的腿不再抖了，真的。那两条腿在灯光下光洁明亮，茁壮得像两棵白杨树，它们站得稳稳的，把血液源源不断地从脚底输送到头顶。

邓天一找他其实是为了一件和他毫不相干的事情。上个月，整座教学楼的学生都不在走廊里打水了，电热水箱里的水总有一股怪味儿，像用硬纸壳子泡出来的。学校派人把电热水箱打开，在里面发现了几十个烟头。很多人都知道，热水箱盖子的一个角被人撬开了，但没人想过谁会往里面扔东西，后来邓天一就被人给揭发了。

邓天一被带到教务处没多久就出来了。那天李默去打热水,已经换了新的水箱。他就在那儿碰见了邓天一。

"你他×的来这儿干什么?"邓天一问,"你他×的哪班的?"

"我来打水。"李默有点发愣,"不行吗?"

"怎么别人都不来,就你来?"邓天一狐疑地盯着李默看,"你给我小点儿心,我记住了你的脸。"

李默后来才知道,虽然换了新水箱,但再也没人从那儿打水了。大家宁愿下楼去寝室区接水。这件事跟李默根本没关系,他们显然搞错了。

李默打开水龙头,用凉水弄湿一条毛巾。他坐在马桶上,小心地擦拭自己。他闭上眼睛,觉得浑身上下口渴得不行,他的身体正拼命地补充着水分。他不知道自己有多久没有这么高兴过了——他看着自己的身体慢慢地哭着。李默想这真是奇怪的事,身体在喝着水,眼睛却把水排出去。眼泪流下来,像手指抚摸着自己,安慰着自己。

"你在干吗?"厕所门突然开了。

李默赶快用一只脚顶着门。没什么,我在上厕所。他听出来那是王雪芬的声音。

"早点睡觉。"

王雪芬进了厨房,李默小心地听着。他听到茶水倒进杯子的声音,听到王雪芬大口大口吞咽白水的声音。他听着王雪芬的脚步声渐渐离开,他的脚还在顶着门。他觉得那血还在涌动着,轰隆轰隆的,简直像瀑布那么响亮,从几个小时前开始,再也没有停过。那时候他在杉树林里,像条狗一样向前扑去。他听到风从耳边流过,如同血液那么畅快,如同泪水那么冰凉。

3

"你说你把谁打了?"

李树功从沙发上站了起来。睡裤罩在他细弱的双腿上。他瞪着眼睛,嘴唇哆嗦着,像是在期待李默否认这一切。

李默又重复了一遍,邓天一,人大代表的儿子。李树功的眼神在一瞬间混合了愤怒和失魂落魄。

"什么……?"他站在那儿,两只手握了一握,又松开。他低着头,左顾右盼一下,似乎不知道该站着还是该坐下。他坐下了,重新坐回了沙发里。接着,他再次站起来。他看着李默。

"你真把他打了?"

李树功像是终于接受了这个事实,重新坐在了沙发里。

"净给我惹事!"他看上去很愤怒地骂了一句。他握着遥控器,换了几个台,但根本没心思看下去了。电视的声音让人莫名地心烦。他一边看,一边骂:"啥时候的事?打得严重不?"李默说不严重,最多擦破点皮。

"擦破点皮?看我扒了你的皮!"李树功怒吼着,遥控器被他甩过来,砸在了地上,"你的事我再也不管了,等你妈回来收拾你!"

李树功看起了电视。他像是忘了这件事,看得很认真。电视上播放的是拳击比赛,两个男人正在搏斗。李树功一皱眉头,换了台。李默低着头,找到了电池、电池盖和遥控器。他把电池放进去,盖上盖子。遥控器放到了桌子上。李默这时候听到了什么声音,他有点怀疑自己听错了。李树功竟然哼起了歌。从他的嘴里,准确地发出了几个音节。

它们很连贯,很悦耳,很动听。

王雪芬回到家的时候,对发生的一切并无预料。她提着芹菜、土豆和猪肉,塑料袋发出簌簌的声音。她走到走廊的时候,李默已经听见了钥匙清脆的响动。他听到王雪芬打开了门,平底鞋踩进了房间。王雪芬把菜放在地上,弯腰打开鞋柜,一边换鞋一边问:"儿子回来了吗?"

"问问你儿子干的好事!"李树功骂。

"啥事?"王雪芬站住了。

"去问问,问问,漂亮得很!"

王雪芬的声音在一瞬间慌乱了起来。"李默,啥事?出了啥事?"她走进了李默的房间,站在了李默面前。李默看到了一张因受到惊吓而变成惨白的脸。他注意到母亲的嘴唇都快变成了白色。他的眼泪流了下来。

最开始,他不知如何开口,但他的犹豫让王雪芬暴怒了。她几乎是怒吼着让李默快点说。李默只能说了。他说话的时候,看到李树功也过来了。他伸着脖子,两只手揣在胸前,那神情像是在看热闹。李树功脸上甚至带着一种微笑,那意思是我看你们该怎么办。

焦虑和恐惧几乎是以用眼睛能看得见的速度缠绕在了王雪芬的全身。她的胸口不住地起伏,张嘴想说点什么,但是眼睛一翻,喉咙里像蛇一样发出了一声崩溃的嘶嘶声。她伸手扶住了墙,转过头,她看到了一脸微笑的李树功,她有点不敢相信地瞪着眼睛:"你竟然还笑?"

"你还是人吗?"王雪芬的声音,因为愤怒而嘶哑,因为嘶哑而无力。她的一只手按在了胃上,另一只手更加用力地抵住了墙。

李树功很得意地说:

"瞧瞧你害怕的样儿。"

"这该怎么办?"从王雪芬的胸腔里发出一声凄厉的哀号,"畜生!这该怎么办?"

"该怎么办,就怎么办。"李树功说。

"滚!"一股气流从王雪芬的胸腔涌出来,最终爆发了。几乎是在一瞬间,王雪芬的表情由绝望化为坚毅,像是下定了什么决心,肩膀用力地往上顶,像是承担起了一份非她承担不可的重任。

"要你这男人有什么用?"她怒吼着,"要是别人家,谁家的男人不站出来?"

"娘们家懂什么?"李树功轻飘飘地说,"我要是去,就该打架了。"

"真是娘们。"李树功自顾自地说着,他摆一摆手,似乎王雪芬、李默以及这件事已经不在他眼里了。他穿着拖鞋，一下一下地去了客厅。李默听到，他又躺到了沙发上，开始看电视了。"头发长，见识短。"李树功发出了轻蔑的嘲笑声。

王雪芬浑身颤抖着，她抿着嘴唇，闭上眼睛，闭了很久一阵子。她得缓一缓。过了好半天，她才终于想到往下该怎么办。她用尽量平和的声音问了李默几个问题。李默几乎不敢看她的眼睛，他生怕王雪芬那双因为劳苦变得衰弱的眼睛会流下眼泪，他小声地回答了她。

从李默的话里，王雪芬多少有了一丝把握。她知道儿子是在反击，并不是主动打人。她也已经知道那个孩子伤得并不重。她想起前天晚上，李默很晚才到家，嘴唇也有些肿，她大概知道怎么回事了。

王雪芬去厨房，喝了一杯水。之后，她给李默的班主任打了电话。李默听着她在电话里客气地笑了几声，接着压低了声音，很小声地问了邓天一的情况，还问了他家的地址。李默听到她尽量控制自己慌张的声音，问出了那个至关重要的问题，邓天一的家人，那个人大代表父亲，到底怎么看？

非常迅速地，王雪芬梳妆打扮起来。她从衣柜里找出了只有在最正式场合才穿的一件红色外套。之后，她涂了口红，喷了一点香水。她用一种严厉的声音对李默说，穿好衣服，要出门了。李默洗了把脸，他从卫生间出来的时候，看到王雪芬站在了菩萨前面。

王雪芬点燃了三根长香。她站得是那样的笔直，把三根长香举到头顶的时候非常恭敬。李默看着她把三根长香插在香炉里，然后跪在地上双手合十，默默祈求了一阵之后，磕下了三个响头。

李树功像是看笑话似的歪着脖子看着。"娘们，真是娘们。"他嘟囔了一句，提着毛巾出了门。李默知道，他又要去澡堂，和老哥们儿喝酒去了。

邓天一的家在一个相当大的别墅区。李默坐在出租车上，看着这些高大洋气的别墅从眼前掠过。有些人家的院子前养了凶悍的大狗，对着出租车狂吼了一阵。李默的手边，放着王雪芬买的果篮和牛奶，还有一束康乃馨。

开门的是邓天一的母亲。她笑容满面，把康乃馨放在一边，一进门就紧紧地握住了王雪芬的手。王雪芬反应很快，也紧紧地抓住了这双伸过来的手。两个女人像多年未见的亲姐妹，团聚在了客厅的沙发上。

没有邓天一，没有人大代表，这有些出乎李默的预料。李默规规矩矩地坐在旁边的红木沙发里，看着两个女人正在亲密地说着什么话。他注意到，和想象的不同，邓天一的母亲衣着相当朴素，穿着一件灰色的毛衣。她看上去并不像喜欢仗势欺人的人。

李默惊讶地听到她竟然道歉了。李默听到她说，小邓不好管教，这样的事不是一次两次了。她朝李默看了一眼，大概是察觉了李默脸上的疤痕，像是极为愧疚似的说："你家孩子也受伤了，伤得重不重？"

王雪芬流泪了。先是断断续续，后来上气不接下气，她用自己粗糙的手指擦着落在脸颊上的泪水，嘴里乌拉不清地冒出了一连串话。她像一个小女孩那样，当着别人的面哭了起来。哭声在房间里来回回荡。李默把头深深地低下去。悄悄地，他把手指放入了裤袋，放在了大腿上，指甲用力地掐进了肉里。

过了许久，王雪芬的哭声停止了。两个女人悄声细语地说了不少话，李默根本听不清。最后，像是告一段落似的，邓天一的母亲揉了两下腿，站起来说："你看，我这房子乱得很，这两天洗衣机坏了，衣服搁了两天也没洗。"她自顾自地笑起来。

王雪芬表情严肃了，她立刻站起来，问："在哪里？"

"都在卫生间堆着呢。"邓天一的母亲指了指。

王雪芬撸了一把袖子，把她那件唯一能穿出去的衣服的袖子给撸了上去。"大姐，你不嫌弃的话都交给我吧，反正在家都是我洗衣服。"

说着，她就往卫生间走。

邓天一的母亲站起来，赶紧去拦。但王雪芬似乎下定了决心，一定要洗衣服。拦了两次，她放弃了。"卫生间有个小板凳。"她对王雪芬说。王雪芬拉开了卫生间的门，然后又关上了。

电视打开了。邓天一的母亲躺在沙发上，换了几个台。电视节目把她逗笑了。她猛然想起后面还坐着李默。"桌上有饼干，自己拿着吃。"她对李默说，头并没有回。李默看着她把一只脚架在了另一只脚上。

李默听到卫生间传来了放水的声音，哗啦哗啦。接着，很有节奏地，响起了搓衣板上揉搓的声音，咔哧咔哧，咔哧咔哧。这声音李默很熟悉，他曾经无数次地见到王雪芬蹲在地上洗衣服的样子。两条胳膊从袖管里伸出来，按在揉成团的衣服上，咔嚓咔嚓，咔嚓咔嚓。李默坐在那儿，手里搁着半块饼干，听着这令人绝望的声音不断地从卫生间传来。咔嚓咔嚓，咔嚓咔嚓。

4

一切太平无事，菩萨有求必灵。

三根金黄色的长香点燃了。客厅里，灯光昏暗，白炽灯像是快坏掉了，发出的光白森森的。王雪芬整了整头发，一层白霜覆盖在她的脸上。

长香燃烧着，三颗红点在半空中抖抖索索。青灰色的烟雾，升腾了起来。王雪芬把长香举在胸前，举过头顶，拜了三拜。长香被插入了金色的香炉里。香炉金光灿灿，照亮了菩萨的脸。

王雪芬的额头磕在地面上，抬起来，再次磕下去。如此三次，嘴里默念有词。李默看到她扣合的双手，因为在水里浸泡过的缘故，有些泛白，干净异常。仅在食指和拇指处有一些香灰。她的磕头，郑重其事了。仿佛这个过程太短，还不足以表达自己的虔诚。于是，她又把头磕下去。在她的前额上，粘住了几根黑色的、衰老的头发。

"李默，过来。"她对李默说。

李默跪在了沙发垫上。"磕头。"王雪芬说。李默把头低下了。

"再磕。"王雪芬的声音，短促，有力。仿佛生怕声音太大，惊扰了菩萨，又仿佛生怕声音太小，不足以训斥儿子。她看着李默的头低了下去，有些椭圆的后脑勺，就和李默小时候一模一样，和李默刚出生的时候，一模一样。王雪芬的心，也像是被什么东西撞了一下。她很想伸出手，摸一下这个后脑勺。

"再磕。"王雪芬说，"不许抬头。"

李默磕了。地面出奇的凉，他觉得自己的脑仁仿佛被冻住了。他仅仅看了菩萨一眼，看到了一个模模糊糊的、白色的身体。他还看到了那些袅袅升腾的青烟。在那一瞬间，它们看起来既像云彩里的神仙，也像浓雾里的妖怪。李默的心里古怪又悲伤。他磕了，这是母亲让他磕的，他磕了。

王雪芬满意地点了点头，进了厨房，开始做晚饭。李树功还没有回家，李默给王雪芬打下手择菜。厨房里只吊着一只裸露的灯泡，灯泡布满黑色的油垢，黏腻腻的，发出的光线仿佛也是油腻的。李默一点一点地把手里的芹菜掰断，扔进碗里。那里有一碗黄色的光线，像一碗凝固的油。

王雪芬做饭是最麻利的，但是今天，动作却缓慢了不少。她一下一下地切着白萝卜。菜刀切在案板上，发出迟钝的声音。王雪芬一边切，一边和李默说话。

她问李默，最近考试怎么样？离高考没剩两个月了。李默嗯嗯地回答着。王雪芬说，学费你不用操心，给你准备好了。她顿了顿,又说,考不好也没事,我不怨你,择校费我也给你存了,考不上,咱们交就是。李默嗯了一声,没有说话。

炒白萝卜、芹菜炒肉、番茄鸡蛋。只有两个人,却炒了三个菜,这是很罕见的。三个菜摆在桌子上,散发着腾腾的热气。王雪芬和李默对坐着。客厅里的白炽灯从王雪芬的头顶打下来,她的脸藏在了头发的阴影里。王雪芬有些疲倦地一笑,对李默说:"吃吧,等会儿就凉了。"

门是在这时候被撞开的。

李树功的身影,出现在门框里。

他通红的眼睛充满血色。他站在门口,站着,看着。腥臭的酒味儿从他身上四溢开来,几乎可以用肉眼看到这些味道,它们是淡黄色的,黏稠、浓重,像呕吐物似的流溢出来,流淌在客厅里、餐桌上。一碰到什么东西,它们就粘在那里,往下滴。

王雪芬立刻站起来,把李默挡在了身后。

"臭娘们。"李树功骂道,"老子的脸,都让你给我丢尽了。"

李树功往前走了一步。

"你要干啥?"王雪芬问。

李树功狞笑起来。

"先揍老的,再揍小的。"

他往前又走了一步,一伸手,亮出了一条皮带。

"今儿个,谁都别想走。"

王雪芬发出了一声最为凄厉的尖叫。

"来人！嫂子！王嫂！来人啊！"

李树功笑着就过来了，伸出手揪住了王雪芬的头发，把她推在沙发上。王雪芬的两条胳膊只是晃了一下。皮带抽在了她的胸口，第二下抽在了抱紧的胳膊上，第三下抽在小腹上。王雪芬没有发出一丝一毫的声音，整个身体抽搐似的抖动了一下，安静了。

李默迎了上去，被李树功一巴掌扇倒在地。

"兔崽子，还有你。"

李默再次站起来，这次被李树功一脚踹在肚子上。他捂着肚子蹲下了，李树功的皮带落在了他的脸上、胳膊上。十几下之后，皮带被丢下了，换成了客厅里的板凳。

板凳砸在自己身上的时候，李默觉得像斧子砍进了木头。他躺倒在地，一动不动只是用眼睛瞪着李树功。他看到餐桌另一侧的母亲，王雪芬的眼睛半睁着，像是醒着，又像是晕过去了。眼泪从两个缝隙中流出来。

李树功歪斜在沙发上，笑着。

"你们说说，要是你们两个死了，该有多好。"

他伸手从菜里捞起一块肉，扔进嘴里，吧嗒了两下。他嚼着肉，看着地上趴着的两个身体，心满意足。他注意到角落里，还有一具身体，白白净净的样子。李树功坐了起来。

"对，还有这个玩意儿。"他的手伸了过去。

"你敢动它。"王雪芬支起了身子。她的眼睛，盯着李树功。

李树功咧开嘴笑了:"老子就要动,咋了?"

他一把就揪住了菩萨的头。菩萨的身体,整个倒悬了起来。

"就是你他×的给我惹事儿。"李树功把菩萨摔在了地上。

王雪芬尖叫着捂住了脸。

半响,她才把手指漏出一个缝隙,才把手从脸上拿了下来。菩萨成了好几瓣,莲花似的盛开了。其中一道裂痕,从莲花底座一直延伸至胸脯和脸颊。菩萨细长的眼睛,一边一只,看着王雪芬,看着李默,也看着李树功。从菩萨裂开的身体里,露出来一些东西。

它们是红色的,像菩萨的内脏。

"老天爷呀。"王雪芬发出了一声极为悲痛的哀号。那声音颤抖着从她的胸腔里爬了出来,一点点爬了出来。她的胸口剧烈而又徒劳地起伏着,半张着的嘴巴像是要深吸一口气,但怎么也吸不进去。她的一张脸惨白如纸,看上去非常凄厉。

李树功愣了一愣。他的眼睛闪亮亮地,盯着那堆内脏,咧开嘴笑了:"你这娘们,还有这一手。"

他的手指伸过去了。

王雪芬嘴里发出了绝望的声音。啊,啊,啊,声音凄厉,不像人声。那是李默听到过的,最让人绝望的声音。王雪芬的身体扑了过去,把那一堆花花绿绿的瓷片挡在了身体后面。她拼命地抓咬着,用牙齿,用手指,用指甲，用脚，用头。

她的身下，已是一片狼藉。

李树功的胳膊、脖子和胸口上，出现了一道又一道的血痕。"这娘们今天是要死了。"他兀自叫骂，整个人几乎压在了王雪芬身上，掐住了王雪芬的脖子。王雪芬的脸扭曲了，像抹布一样扭成一团。她的一只手高举着，手指插在了李树功的嘴里，把他的嘴往外扯。从嘴里流出的口水，顺着王雪芬的手指流淌下来。她另一只手，狂乱地在地板上抓挠着，在一瞬间，那只手突然攥紧了一片东西。那东西白亮亮的，那是菩萨的一只眼睛。

王雪芬举起眼睛，刺了过去。

李树功歪着头，露出来一个怪异的表情，似乎不相信这是真的。王雪芬挥舞着手臂，一下，又是一下。眼睛变得很锋利了。李树功的胳膊没有声音地红了一片。他痛苦地捂住了自己的胳膊，喘着气。

"你是要跟我拼命呀。"

他的身体不动了。王雪芬也不动了。他们就这样僵持着。

客厅里只有两个人粗重又混浊的喘气声。

半响，李树功缓缓站了起来。他看了看李默，看了看客厅里的一切，没有说话。慢慢地，他的手松开了。他踢开脚下的碎片，走过了躺在地上的李默，走过了客厅。李默看着他走向了厕所。他关上了厕所的门。

从厕所里传来了剧烈的呕吐声。

王雪芬躺在地上，喘着气。她那惨白的脸上带着几滴鲜血，面容像用擀面杖揉搓过几千遍一样衰老憔悴。她注意到自己手中，还握着菩萨的眼睛，于是手慢慢地松开了。血在掌纹深深的沟渠里亮亮的，像勒进肉里的红线。

两行白亮亮的眼泪没有声音地从王雪芬的眼角流出来了。

王雪芬转过脸，看着李默，她伸出手指了指菩萨的内脏。

"好好考，你的学费。"

李默朝菩萨的内脏看过去。它们和人的不同，是冰凉的，显得十分阴郁。屋子里全是血味儿，分不清是菩萨的血、人的血，还是动物的血。

厕所里，李树功的呕吐声持续着。

声音像血一样回荡在人的躯壳里。李默知道，再过十分钟，李树功会像往常一样，用凉水洗脸。洗过脸后，他会躺在沙发上，吐一个晚上。他会吐在沙发上，吐在地板上，吐在沙发的垫子上。天亮之后，王雪芬会重新打扫房间，把家里的一切都打扫得干干净净。她会像往常无数个日日夜夜一样，忍耐着，不出声地忍耐着。她还会重新买一尊菩萨，像往日一样供奉着，用更加虔诚的心，敬畏着。这场争吵，已经像往常的无数次争吵一样结束了。

很平静地结束了。

（刊于《西湖》2018年第7期）

II

大人们的黑狗，小女孩的鳄梨

1

只有在离开的时候，人们才会变得温柔。

我们在办公室说了好一会儿话，就像当年在夜晚的操场散步时一样。"以后，就得靠你自己了。"我对他说。

他拉开抽屉，摸到一个小药瓶，倒出来十几颗黑色的药粒，一仰头吞了下去。看到我的眼神，他解释说是安神药，"吃着玩儿的"。我注意到他耳鬓处多了几根白发，有些扎眼。"跟我一起，干脆放个假。"我说。

"说得轻松，我还有水龙头。"他苦笑一下。

水龙头是他女儿。身为水龙头的干爹，我至今没搞清楚她的来历。聊天的时候，电话响了几声，他没有接。因为一些手续，我们约定下周见面。

走出办公室，重新回到明朗的阳光下，我长出一口气。虽然离职，但生活暂时还不成问题，家里的水仙丢了，当务之急是找花。水仙叫"铃铛"，从没听它响过一声。养了半年，大概水土不服，一直病病歪歪。实际上，我对花兴趣不大，也没听说有谁会找花。

或许，我只是想借口走走。

大约半年前，我和妻子吵了架。结婚以来，吵那么厉害还是头一回。为了道歉，我特意买了水仙。从那之后，每当有令人不快的事情发生，我总要买点什么补偿，一般都买花。和我不同，妻子对植物有一种深深的迷恋。

水仙成了爱情的象征，因此必须找到。我沿着街道慢慢走，眼睛从两边的阳台挨个扫去。几条街都是老小区，之前一连下了几天雨，很多人在阳台晒衣服。水泥绿阴阴地渗入了雨水，青苔在墙上覆盖了一层，感觉用手指都能抠进去。

这已经不是第一次丢植物了。三个月前，我们丢了一盆名叫"芒果"的吊兰，引起一阵恐慌。"芒果"在客厅，谁都没动过，乌乌然不见了。我们找了警察，调了监控，确认没有小偷闯入才稍稍安下心。妻子怀疑是我丢掉了它，但天地良心。为此我另买了龟背和蝴蝶兰，妻子分别命名为"良心"和"歉意"，谁知不出一个月，"良心"和"歉意"都不见了。这次是从阳台丢的。

我们家住一楼，任何人都可以隔着防盗窗把"良心"搬走。这回没找警察，妻子一语不发。"丢了就丢了。"我安慰说，"再买就是了。"我买了茉莉和山茶，两盆都顶大，隔着防盗窗绝对搬不出去。妻子总算接受了，再次命名为"隐士"和"斑点人"。我问"斑点人"是什么意思，回答说是想变成人的斑点狗。

妻子在小学上班，教语文和美术。

"铃铛"丢了,"隐士"和"斑点人"都还在。为了破案,保住硕果仅存的植物,我们连续看了几个周末的推理电影,福尔摩斯、希区柯克和大侦探波洛,如此等等,最后还是在日本推理电影里找到了一点灵感。电影里说,"有时候看着像考代数,其实是考几何",我和妻子对望一眼,看到了各自心底的绝望——甭管代数还是几何,我们两个都不会。

也许,植物们在逃跑。

一个声音突然说。我环顾四周,发现不知不觉走到了学校门口。妻子就职的学校。已经放学了,教学楼前的空地空空荡荡,一个人都没有。唯有黑色的铁质大门矗立在前。大门的金属骨骼沉重结实,带有形状复杂的图案,看上去坚固无比。一条粗大的锁链盘扭其上,像一盘沉甸甸的蛇。

植物们在逃跑。

声音再次响起,简直莫名其妙。我环顾四周,只有一条狗蹲在不远处。那是一条普普通通的流浪狗,毛短而黑,四脚和肚皮则是白色。它懒洋洋地侧躺在垃圾桶旁,耳朵耷拉,眼角微皱。无论怎么看,都不像会讲话的样子。

准是我想多了。我听人说,不能和狗对视,否则会激怒它。刚想到这儿,它身体一翻就起来了。我从小就怕狗,呼吸顿时急促了,一种跑也不是不跑也不是的紧张感充斥全身。我的腿微微颤抖起来。毕竟是条大狗。

植物们在逃跑。

声音又出现了，绝不可能弄错，肯定有谁在说话。声音微弱，但很清晰，像戴上耳机听一样。未及细想，黑狗已然逼近。我咽了口吐沫，高举手里的皮包，多少增加点高度。但根本没用，狗迈着动物捕猎时特有的步子逼近着。我不想看它，但不得不看。它的鼻腔里发出了低沉的威胁音，那声音一直传到了我的心里和肺里。它那双黑亮的眼睛，显露出不怀好意的光。

舅舅。

莫名其妙的声音说。这次我听得很清楚，声音稚嫩，像小男孩的声音，而狗离我仅有一步之遥了。我用力挥舞皮包，它往后一耸，但没退多远。狗牙呲了出来，竟然也是黑的，又长又尖，看得我直恶心。我大吼一声，再次甩动皮包，作势冲过去。它终于被吓退了。

舅舅。

我最后一次听到了声音。我听懂了。声音说，舅舅。我没有舅舅，也没有外甥。我看了看黑狗，它守在垃圾桶旁，正在观察我的动静。

那鬼鬼祟祟的模样甚是可疑。

我嘴里呼喝着，虚张声势，它慢慢往后退，退到拐角后离开了。我如释重负，低头看了看手表。路灯已经亮了，公交车缓缓驶过，一切看上去极为正常，唯有浑身被汗打湿的我，精神恍惚。

回到家，天色黑透。妻子在客厅画画，一盏工作灯照亮了画布。"回来了？"她背对着我，手在布上涂抹着，"饭在桌子上。"我脱掉外套，在餐桌前坐下。她的身体微微俯着,光像一层帷幕似的笼罩下来。

菜看上去几乎没怎么动,粥还是温的。长久以来,我就喜欢吃凉的东西,凉的啤酒、凉的白水、凉的食物。我总觉得食物一旦冰凉,就会抽象许多,吃起来就不像是食物了。莴笋不再像莴笋,而更像莴笋的形式。我把菜吃光了,粥喝了一碗。吃罢饭,她还在画画,于是决定洗澡。

一边洗澡,一边想着傍晚的事情。在那个时候,我确实听到了什么声音。也许,植物们在逃跑。那个声音这么说。随后,声音又出现了。舅舅。除了莫名其妙的声音,还有一条极为可疑的黑狗。我无法确定狗和声音是否存在什么关联,现在回想起来,它诡异的眼神看上去根本不像凡犬俗狗。我想起了一些别的事情,一些很久远的事情。

换上衣服,我走进了书房。一扇窗,一张书桌,角落处蹲着一个皮质沙发。多多少少,这个房间就是我离职的原因。我只想一个人多坐坐,写写东西,仅此而已。长长久久的诱惑。我拉开最下面的抽屉,铅笔盒出现了。

我记起了玩具们的逃亡。

那是很多年前的事了,迷恋可乐和四驱车的年纪。当时,我喜欢把所有玩具不加区分地放在一个纸箱里,玩儿的时候一股脑儿倒出来。不知道什么时候开始,有些玩具不见了。最开始,丢的是一些无关紧要的小玩意儿,沙包、木陀螺之类,我以为是自己搞丢了。直到后来,我弄丢了那把冲锋枪。

一把黑色的塑料枪，春节时买的。我清清楚楚地记得放入了纸箱。由于太大了，只能把它斜插在里面。第二天，别的玩具都还在，枪却消失了。我告诉了家人，没有人相信我。

"肯定是你记错了，怎么可能有这种事。"家人说。

这仅仅是个开始。那段时间，玩具接二连三地失踪。好端端放在箱子里，下次打开时就会消失不见。先是一匹漂亮的塑料小马，它金黄的鬃毛和白色的翅膀曾让我无比迷恋；然后是一辆四驱车，一台叫"黄金烈焰号"的四驱车；再之后，塑料恐龙和坦克也消失了。我还丢了一整袋的塑料士兵，敬礼的、射击的、吹号的、冲锋的，我所有的人马，全都消失了。从将军到三等兵，每一个都不见了，仿佛上演了一场敦刻尔克大撤退。

我再次告诉家人。他们认定我故意将玩具藏了起来，好有理由买新玩具。"再撒谎，就别想什么新玩具了。"他们甚至用教训的语气对我说。

终于，所有的玩具都逃跑了。整个箱子里，唯一剩下的就只有塑料小马的一条腿。仿佛走得仓促，连腿都来不及带。马腿小小的，像啃剩的鸡骨头。一天晚上，我小心翼翼地把它藏进铅笔盒，又把铅笔盒放在枕头下面。

晚上，我不停地醒来，确认马腿是否还在。我反复打开铅笔盒，看到马腿好端端地躺在底部，很安全的样子。那天是满月，月亮大而饱满，像一盏探照灯。月光落在马腿上，似乎能把它融化掉。睡着之前，我还能感受到枕头下铅笔盒长长的形状。

早晨醒来,铅笔盒躺在地板上,一览无余。它就那样敞开着,像一个人被掏空了所有秘密。我问了家人,没有人知道怎么回事。

"你可真会说谎,以后不会有新玩具了。"家人这么说。

我没有再提这件事,只是留下了铅笔盒。这是一个证据,甚至是唯一的证据。现在,这么多年过去了,它依旧格外真实地存在于我的手中。我把它放在左手掂了掂,转而放在右手:和记忆中相比,它要轻一些,像一个老朋友变瘦了。我把鼻子凑过去,略微吸了一口气,里面封存的气息就和小时候一样,陈旧又清新,一股淡淡的橡皮擦味儿。

我把铅笔盒放回抽屉,走出房间。

妻子还在画画,她略微朝我这里看了一眼,似乎想要确定一下我在干什么,仅此而已。我倒了一杯水走过去,看着画布。她在临摹高更的一幅画,《我们从哪里来?我们是谁?我们将去何方?》。古怪的画,古怪的名字,古怪的构思。画面上全是一些古古怪怪、不明所以的女人和小孩。在我看来,那些女人更像是繁茂的热带植物,她们有些笨拙的身躯和四肢就像植物的躯干和枝叶。画完成了大半,剩下收笔了。画好之后,据说要挂在客厅。

"觉得如何?"她淡淡地问。

"挺好的,很美。"我对她说。

我回到卧室睡觉。当妻子在身边躺下的时候，我只觉得睡了很久，身体没有轻松，反而有些酸痛。"水仙找到了吗？"她把头贴在我的脖后，额头有些温热。

"还没有。"

"一定是房子的问题。"她颇为笃定地说。

我抬起眼皮，环顾四周的阴影。房子是结婚时买的，房贷还有二十年。小小的两室两厅。墙上挂着我们的照片。我觉得眼皮沉重极了。

"你还记得'歉意'吗？"

"记得。怎么了？"

"消失之前，它的叶子变皱了。"

我开始回忆蝴蝶兰的样子，但怎么都想不起来。只记得"歉意"买回来时生机勃勃，是一盆好花。有谁会注意植物的叶子是平是皱呢？

我不知道说什么好，于是就沉默着，直到睡着。

2

"保姆消失了。"

"保姆？"

"不声不响，消失了。"他皱着眉头，把一小撮药粒送入嘴里，"上个周五，水龙头一个人跑到了公司。我没在，秘书把她送回了家。保姆连人带铺盖一股脑儿没了影。连拖鞋都没留下。我检查了，家里的东西倒是没丢。"

"家政公司怎么说？"

"他们说根本没这个人。"他的脸上露出一丝厌烦，"世界上还有这样的公司，简直荒唐！你说，要不要报警？"

"你不会对她干了什么勾当吧？"

"哪有的事！"他愤愤地说，"搞清楚重点好不好？"

我陷在沙发里，半天没有说话。百叶窗拉上了一半，光线暗淡。门是关上的，外面没有声音。我产生了一丝怪异的念头，疑心这一切都是因我而起。好像但凡沾到我的东西都消失了，连朋友家的保姆都不例外。他看看我，露出一丝歉意："总之，今天你得去接一下。别人到底不放心。"

"别忘了，你还是水龙头的干爹咧。"他最后说。

我长叹一口气，也罢，横竖没事干，路上还可以继续找水仙。

没坐公车，一个人慢慢往学校走。我喜欢走路，大学时代就经常乱逛，无论走多远，都不会疲倦。走路的时候，可以想很多事情，也可以看看风景，是一种锻炼。那个保姆我是见过的，很机灵的样子。有一次在他家，我瞧见她站在阳台的花架旁，用手机自拍。想来这样的女孩突然消失并不奇怪，这年头哪会有小姑娘愿意当保姆。

像往常一样，学校门口早已围了许多大爷和大妈。他们看起来个个精力旺盛，劲头十足，简直令人惊叹。大门后，等待放学的小孩像群鸭子似的围成一团，叽叽呱呱。找了五分钟,我看到了水龙头。她头戴黄色的鸭舌帽,刘海有些不整齐,一条马尾甚是可爱。

小孩子当中,妻子不慌不忙地维持秩序。小孩子们仰着小脸,大声地说,老师再见。她用那种小学老师特有的腔调回答,同学们再见,注意安全。她看到了我,看神情,似乎知道我要接水龙头的事,牵着她的手走了过来。

"我先送她回家。"我说。

妻子点点头,笑容还保持在脸上。但我总觉得,这只是来不及收回的笑容。"可能晚点回去。"我接着说,同时看到那笑容转向了别处。

小女孩扯了扯我的衣角。这工夫,她一直仰着脸,在我和妻子之间来来回回地看。她把手伸出让我牵着,我问她成绩如何,她回答说还好,谢谢关心。时间还早,我决定从公园里穿过去。在公园门口,我给她买了一根硕大的圆饼棒棒糖。

"前两天,你惹爸爸生气了。"水龙头告诉我。

"怎么?"

"在房间里,拿着手机,走来走去,还骂来着。"她把棒棒糖的一角嚼碎了,嘴里咯嘣咯嘣的,说话也有些含糊。

我苦笑起来。

"你还惹干妈不开心了?"水龙头问。我看了她一眼。她正专心致志地观察剩余的棒棒糖,"上课时看她很不开心。"

"你怎么看出来的?"我问。

"还能怎么,时不时眼神放空,一看就很忧郁的样子。"

现在的小孩真是越来越早熟了,我不由得白了她一眼,连手都不想拉了。

还是看看令人开心的东西吧,喷泉、旋转木马、卖烤肠的老头、呆呆傻傻的鸽子……看着看着,我有点发愣。旋转木马好像少了几个,在几处地方,唯有光溜溜的钢管竖立原处。剩下的马儿瞪着眼睛,看起来甚是惶恐。我很喜欢这个公园,也喜欢这里的旋转木马,它们竟然也消失了。

"真是一团糟啊。"水龙头感叹道。

如果可以,我真想给这小女孩脑门上极其用力地弹一下,弹她个头晕脑涨。喷泉旁边有一个水果摊,看到水果,我多少来了精神,买了一盒蓝莓。小女孩说想吃榴莲,被我拒绝了。我只给自己买了蓝莓,在水池边坐下来。

"干妈在学校里讲话吗?"

"怎么不讲,干妈对人可好了。"水龙头忽闪着眼睛,看着我。

我把蓝莓放进嘴里,略微有点发酸,又吃了一个,更酸。我眼泪都快下来了。

"妈妈离开时,爸爸也很伤心。"她突然说。

我顿时愣住了。

"你知道?"

"爸爸告诉我的。"

水龙头没有妈妈。如果有的话,至少我没见过。

我还记得他把水龙头带到我们家时的样子。当时,我和妻子站在客厅中央,有点不知所措地看着眼前的小女孩。小小的个头,一张小脸脏兮兮的。她穿着背带短裤,左腿膝盖磕红了一块。小女孩好奇地打量着四周,一会儿看看这儿,一会儿看看那儿。

"那是什么?"她指着一处地方叫起来。我和妻子回过头,看到玻璃盘里放着几个鳄梨。妻子拿了一个,剥了皮,放在她手里。她双手把鳄梨捧着,凑在鼻子上闻了闻,两只眉毛顿时扬了起来。

"我女儿。"他挠挠后脑勺,满脸傻笑。

我问他到底怎么回事。"这是我女儿。"他脸上露出不好意思的神情,又重复了一遍,"我决定送她去上学。"他搓着手,想让我妻子帮忙,安排在学校里。

我又问了几个问题,他含糊其辞,混合着尴尬。"她叫水龙头。"他的脸微微泛红,又有些莫名的得意。当小女孩去卫生间时,他的眼神里闪烁着少见的温和。

从小学到大学,他的事情我大多知道。这种隐瞒多少让人有些不安。那天晚上,妻子把鳄梨切给小女孩吃,一连吃掉了两个。他斜靠在阳台的栏杆上,不停地抽烟,抽完后就把烟头丢到外面的草地上。从高中开始,他就喜欢乱丢烟头,这个习惯依旧没变。我试图撬开他的嘴巴。

"都过去了。"他慢慢地摇摇头。

"将来怎么办?"

"我只想把她养大。"

那是一个凉爽的夏夜,树梢间传来蝉鸣。那是什么时候的事情来着?一转眼,爱吃鳄梨的水龙头已经长大了,都可以看出来妻子不开心了。

"爸爸告诉了你什么?"犹豫了片刻,我终于问道。

"他说妈妈很难过,但是不得不离开。"

"去了哪里?"

"反正很远。"

我把蓝莓给了水龙头。她低着头,一个一个放进嘴巴里吃了。她吃蓝莓的样子显得格外乖巧,指尖被蓝莓染黑了。"大人们的烦恼真多。"水龙头突然说。

"对啊,烦恼跟狗一样,到处都是。"

"你讨厌狗?"

"不讨厌,也谈不上喜欢。"

"锁链最近也很苦恼。"

"锁链?"

"嗯,锁链。"

"什么锁链?"

"学校不是有个大铁门吗?锁链就是用来锁大铁门的那条粗粗的铁链。"

"你怎么知道?"

"它自己讲的。"

"你听得到它讲话?"我一愣神。

"嗯,听得到。"

"它说什么了?"

"锁链说,锁链讨厌锁链。锁链说,锁链恨透了自己的形式所带来的困扰。"

我有点摸不着头脑。形式?恨透了?我有些愣愣地看着她。

水龙头接着说:"锁链最痛恨的是自己。它们一被制作出来就得锁住什么东西,对吧?于是一来锁住了别人,二来自己哪儿都去不了。所以它很苦恼,最大的苦恼在于它哪个都不想干,不想锁别人,也不想锁自己。它想变成别的什么。"

我想了想,但不知为何,首先想到的竟然是汽车保险杠。保险杠和锁链有什么关系,我也不明白。但这不是重点。到底是怎么回事?我有些混乱。

"你还能听到谁说话?"

"偶尔能听到鸟。"

"它们说什么了?"

"它们总是相互嫉妒,我不喜欢它们。"

我终于想起了之前的事。当时我路过学校,还看了一眼门上的锁链,它沉甸甸的,像一盘倦怠的蛇。难道那并非什么幻觉,确确实实是锁链在讲话?舅舅,当时的声音这么说。我渐渐明白了,它恐怕是在说,救救。它是想从狗嘴里救我,还是想让我从门上救它?

真是头疼。

塑料马、水仙、保姆、苦恼的锁链……我并不是喜欢冒险的人。我生来就喜欢安稳,喜欢旧沙发、铅笔盒和令人放心的罐头食品，喜欢储存而不是丢失。恍惚中，我看到塑料马和冲锋枪浮现了出来，像溺水一样，和深绿色的公园融为一体，漂浮在我面前不远的地方。我深深地把深绿色的空气吸入肺腑，于是所有东西一点一点消失了。

"我们去拯救锁链吧。"我清了下嗓子说。

"怎么救？"

"晚上，来学校门口，我用钳子剪断它，丢在河里。"

"主意不错。"水龙头说。

3

月亮大到不可思议，银光挥洒在夜空。

大大小小的环形坑清晰可见，有很强的颗粒感。凉风送爽，把冰糖似的云彩一点一点往前吹，统统吹到天边去了。于是月亮占有了一切，高高地悬挂着，深蓝色的夜幕让人觉得置身于一个马戏团的帐篷里。

我声称去夜跑，妻子不置可否的样子。我朝画布窥了一眼，她的笔下分明显露出一条狗的模样。那是一条黑狗，唯有爪子和肚皮是白色的。我惊讶极了，不由得重新观察起这幅画。妻子蘸了白颜料，小心地涂在狗爪上。她转过头，问我为什么还不出发。

我本想说点什么，摇摇头作罢。穿上运动装和跑鞋，抱着床下拿来的大铁钳，出了门。记忆里这东西一直在那里，有什么用处不得而知。现在它派上了用场。

水龙头的家带一个小院子，木制院门没锁。我拉开门，尽量不弄出声响。房子里，一楼的客厅和二楼亮着灯。我心想糟糕，把水龙头带出来的理由还没想好。这么去敲门，他一定怀疑。

正犹豫着，二楼的窗户拉开了，出现了一个小小的身影，是水龙头没错。我站起来，朝她挥了挥胳膊。她没搭理我，把脚伸出了窗外。我吓了一跳，几乎要喊出来。但是她已俯下身子，从窗户里钻了出来。我屏住了呼吸。

她站在一楼屋顶的外沿，双手攀住旁边的梧桐树枝，一下就翻了上去。我急急地跑到树下，伸开手臂，没想到她像猴子似的抱着树干，一点一点地往下滑。最后她往下一跳，稳稳地站在了我面前。

"怎么了？"她拍了拍手说。

"没事。"我白了她一眼。

"这是什么？"她低头问。

她问的是大铁钳。我问她怎么学会的爬树。"那有什么。"她漫不经心地说，看样子甚是轻车熟路，估计不是头一回这么干。我又问她冷不冷，她回答说还好。

"你爸爸呢？"

"躺着看电影呢，《霍比特人》什么的。"

我们往学校走。路上，我问她是怎么听到锁链讲话的。她回答说，路过的时候听到了，如此而已。我没有再往下问，毕竟自己也听到了，但要说为什么能听到，我也搞不清楚。对于莫名其妙的事情，有时候最好不刨根问底。夜晚的校园寂静无人,甚至有点阴森。教学楼无声地矗立,铁门的影子像躺倒在雪地里的巨大竖琴。我咳嗽了一声,感觉连咳嗽声也不甚正常,掉落在一种神秘的深蓝色氛围里。锁链盘在门上。

"就是它?"我问。

"对,就是它。"水龙头拍拍链子。月光下,它看上去更像蛇了。一把黑色的大锁扣在锁链上。我往手里呵了口气,用铁钳咬住它。

"能行?"水龙头问。

"能行。"我说。

铁钳放了很久,不知是否合用。我两只手握住手柄,硬生生夹了一下,手柄上传来了吃进金属的结实感。没准它就是为了此刻才存在的,我突然想。

"你们!这是在干什么?"

有人大喊,同时传来了皮鞋底敲打地面的声音,听上去甚是急促。我心想糟了,忘了有保安。随后响起令人发毛的狗吠,我顿时明白了。

一定是那条黑狗。

转过身,我的呼吸瞬间急促起来。至少几十条狗迎面冲来。黑狗跑在最前面,黑亮的狗牙杂乱交错,像塞了满嘴的蜘蛛。在它身后,几十条狗大小不一,飞奔起来几乎脚不沾地。狗群后面,一个人吭哧吭哧地跟着跑,笨重的身姿甚是吃力。

眨眼间,狗已经到了。我立刻把水龙头挡在身后,靠着大铁门站立,手里握紧了铁钳。狗围成一圈儿,狂吠不止。水龙头探出半个脑袋，细细的胳膊抱在我的腰上，就像她抱住梧桐树那样。黑狗趾高气扬，我就知道，是它在搞鬼。看上去，它就跟妻子画里的一样。我没来由生出一股恶气，想一钳子砸扁它的脑袋。

身姿笨重的家伙终于到了，他从狗群里迈着腿，有些费力地走到我们面前，弯着腰，喘了好一会儿气。一边喘气，一边怒气冲冲地瞪着我们，指着我手里的大铁钳：

"啊……你们……啊……我知道了……"

他看上去至少有六十岁，花白头发，乱糟糟的白胡子，戴一副眼镜。一张光滑的大脸因为奔跑涨得通红，流了不少汗，显得湿答答的。他系着一条墨绿色的皮围裙，肚前的围裙口袋歪歪斜斜地插着放大镜、小钳子和毛刷等物件。好一会儿，他的呼吸恢复了正常。只见他整理了一下围裙，用粗粗的、缠着创可贴的手指扶了扶鼻梁上的眼镜，开口说：

"你们这样做是徒劳。"

"你是谁？"水龙头问。

"我？"他似乎完全没料到我们会有问题，低头打量了自家一下，仿佛回答前要先确认一遍才行。"废话。"他抬起头说，"我是锁匠。"他非常恼怒地看着我们，眼睛瞪得溜圆："你们想救它是不？"

"对，是想救它。"

我一边回答，一边看到水龙头不知道从哪里掏出了一根棒棒糖，戳了戳锁匠的肚子，递给他。锁匠低头看了好一阵，用大手搔了搔后脑，颇尴尬地红着脸说"好，好"，接过来插在了围裙口袋里。狗们警惕地注视着水龙头的动作，把我吓得不轻。看到锁匠收下了棒棒糖，狗们似乎稍稍缓和下来，一个一个蹲在地上，嘴巴里哈着热气。唯有那条黑狗，兀自瞪着我们，龇牙咧嘴，低吼不止。锁匠扭捏了一会儿，猛然想起还有使命在身，重新找到节奏似的说："唔，对了，你们还是不能这么干。"

"为什么？"水龙头仰起脸问。

"这辈子，我听到的牢骚、抱怨够多了。不管怎么样吧，锁链的使命就是锁东西，天经地义，它生下来就是干这个的。哪怕你们救了它，还会有新的锁链。再者，你们救了它，谁来保护学校？"锁匠颇懊恼地说。

"别的锁链不会说话，它会。"

"它会说话？"锁匠迟疑地看着水龙头。

"对啊，这两天，伤心着呢。"水龙头再次拍了拍锁链，像在安慰。

锁匠狐疑地盯着锁链看了好一会儿。

"所以还是要救。"我说。

"所以还是要救。"水龙头说。

锁匠愣愣地看着我们把锁链一圈一圈解下来，像是在进行激烈的自我斗争。他一会儿自言自语两句，一会儿又伸出手，像是要上来帮忙，一会儿又把手缩了回去，像是进行了严厉的自我反思。解罢锁链，我冲他一摆手，说不要跟来了，离别怪伤感的。正在犹豫不决的他顿时站立不动。

"别忘了吃糖。"水龙头说。锁匠呆立了一下,低头看看口袋,乱糟糟的头发鸟巢似的呈现在我们眼前。狗们摇着尾巴,亮晶晶的眼睛看注视着我们。现在,它们看上去可爱多了。只有黑狗,不停地用白爪挠地,发出持续的呜咽声。我不知道那声音里包含的是一种什么样的情绪。

水龙头也冲狗们摆摆手。

我抬着链子,水龙头怀抱大铁钳,往河边走。我看了看表,已经过了十一点。居民区异常安静,像在水底足足沉睡了一千年。铁链摸上去光滑细腻,宛若蛇的皮肤。它是有点沉,我每走一会儿就不得不换一只手。

"对了,干妈怎么样了?"水龙头突然问。

"你少管。"

"她很喜欢花?"

"你怎么知道?"

"最近她老往教室带花,水仙什么的,没事儿就让我们照着画。"

"哦。"原来是这样,我暗暗吃惊。

四下倏然无声,水龙头的漆皮鞋敲打在路面上,发出空洞的回音,而我走路向来是没有声音的。我们走过了打烊的汉堡店、冷饮店和邮局,店铺的卷闸门看上去像一张张阖上的眼帘。道路铺展在月光下,远处的路面变高了,闪着银光。那是通往小河的堤岸。

"好好照顾植物,就会没事。"水龙头说。

我默然不语。

"没准儿她只是想引起你的注意。"

"你怎么知道?"

"我是小朋友,什么都知道。"

"别伤心。"水龙头拍了拍我的胳膊,"会好起来的。"

我听见了流水的声音。

4

河水是透明的,闪闪发亮。月影在水面微微发颤,让人想起天上的流云。

"你说,会不会沉底?"

"你试试看。"水龙头很自信。

"好吧,那就这样。"

我把铁链抬起来,丢进河里。锁链的重量委实不轻,扑通一声坠入河水。我看到它随即游动起来,将自己隐藏在了流云般的水中。那感觉就像在一幅油画上加了一点透明的颜料。

就在这时,从远处的什么地方,传来了一声狗的呜咽。那呜咽听起来非常悲戚,像遭受了什么天大的委屈。接着,城市的无数个角落里接二连三地响起了狂躁的狗吠,仿佛整座城市里的狗都受到了影响。大概黑狗感受到了什么。我想。

谢谢。我听见水里的锁链说。听上去确实像个小男孩。

"不客气。"我说。

把我也带去。

水龙头怀里的大铁钳突然说。

月色中,我和水龙头对视了一眼。

我们开始往回走。街道上唯有路灯,好像所有人都消失了,只剩下我们两个。回到水龙头家门外时,客厅的灯仍然亮着。"该睡觉了。"我对水龙头说。水龙头三下两下爬上梧桐树,钻进了窗户。冲我挥罢手,拉上了窗帘。我独自返回。

现在,只有我一个人了。整座城市已经沉睡,唯有月亮陪伴着我。我觉得大脑清醒极了,干干净净的,仿佛成了另一个月亮。以往储存于大脑夹缝中的很多事情,都被水流冲走了,像玩具一样消失了。我突然想到,此时此刻,铁索和大铁钳一定正游向它们想去的地方。

它们会去哪儿呢?再过几个小时,天就要亮了,所有的奇异故事就要消失,大门上会有新的锁链,水仙会被找到,锁匠埋头造锁,宛若冰川的月亮也会转动到地球的另一侧。妻子的画应该已经完成,连同那条难缠的黑狗被挂在客厅。至于这条黑狗……

或许,我将在月亮的背面和它进行永无穷尽的搏斗。

(刊于《青年文学》2018年第6期)

III

红塔山

1

我躺在床上，心里想着一件事情。

我的手指插在裤子兜里，那儿有一沓人民币。我很想把它们掏出来看看，但又不愿意这么做。我摸着它们的曲线，细腻、柔和、温顺，不像是能害人的样子。偷偷地，我数着它们。我摸得出来，它们没穿衣服。它们在我的屁股底下，挤在一起，汗津津地，正在喘气儿。

我这会儿不大开心，是因为一根香烟的事情。晚饭后，老金到我们宿舍，说断烟了，正在玩儿游戏。我说我有，给了他三根。"再来几根，"他说，"晚上长着呢。"这样我给了他五根。

老金住在我隔壁，有时候，我会去他寝室转转。我抽过他的中华、黄鹤楼、芙蓉王，全是好烟。我对老金说：

"你胃口不小。"

老金说："你抽的中华一根都两三块。""我知道，下次去再来一根好了。"老金说:"没问题。"

我们说话的时候,刘磊躺在对面床上,笑嘻嘻地看着我。他经常这么猥琐地笑,口水在齿缝间含着,眼睛眯缝成两条线。我知道他要干什么。果然,老金刚出去,他就对我说:

"嘿嘿,那么大方,给我也来一根吧。"

我心里就有点不高兴了。

老金进来之前,刘磊在跟我瞎聊。刘磊说,大爷的,前两天借了一起兼职的女生几百块钱,现在居然找不到她人了,也不知道她到底还不还。他把自己说得实在可怜,但一点都不值得同情。我的钱也不多,我脑子里全是那几个数字。几张银行卡上的钱反反复复地加起来算算,还是几百块。我那会儿不停地算,好像这么反反复复一加,就能多出几块钱一样。

可刘磊从没给过我中华,他也很少给我烟抽,他是这么说的,能省一根是一根。他甚至还欠我钱,多少我记不得了,但他肯定欠着。

我问:"你的双喜呢?"

"没有了,我的烟没有了。"

刘磊朝我伸出手,把手掌向上摊开了。他的手臂瘦骨嶙峋的,有些弯曲。他看着我,眼睛闪闪发亮,从那表情你知道他脑子里正自以为是地想点儿什么。每次我看到他的脸,都会想起非洲草原上一种叫作鬣狗的动物。那神情简直一模一样。

"给我一根吧,我真的没有了。"

我看了看自己的烟盒，里面只剩下五六根了。晚上我在寝室看电影，看着看着，就看掉了好几根。这烟还是上楼前买的，七块一包的红塔山。

我在心里又开始默算，一盒烟七块，一天一包，一个月就是二百一十块……不知不觉，我又开始计算了。我发现自己除了这个，简直不能想点儿别的什么了。

"还有多少？"刘磊问，他伸着手。

"两根。"我答道。

"那刚好，你一根，我一根。"

他嘻嘻地笑了起来，看着我。我没说话，我想要不是刚才老金要走了五根，他这会儿就不会向我再要了。他觉得自己也有机会了，或者又想起了自己那个能省一根是一根的道理。这句话我从他那张臭嘴里听了有不下一千遍了。刘磊见我不再回应，犹豫了一下，悻悻地把手收了回去，像一条没捕到猎物、很不情愿的蛇。他有些愤愤不平，已经不屑于搭理我了。

我闭着眼睛，还是没睡着，翻来覆去的，又在心里计算了。我一直在想一件事情，我在想我的钱究竟怎么就没了。

2

返校的前一天晚上，我们一家人坐在一起吃饭。我妈显得有点不大高兴。做饭的是我爸，他围上了围裙，接着就进了厨房。他在厨房里一句话不说，看上去十分忙碌。我妈坐在沙发上看电视,她看着电视,也是一句话不说。我们都在等待。

还没动筷子,我妈就敲了一下盘子。"这么难吃。"她说。她说这话的时候眼睛朝下,谁也不看。我爸动筷子的时候不动声色。"怎么难吃了。"我爸说。我爸不是很擅长做饭,他炒的菜就像他做的一切事情那样,都显得不搭调。他把肉片炒成了一种类似橡皮的东西,把芹菜炒出一股怪味儿。

可是我吃着还行。真的。我在家吃饭从不挑食。我记得我曾经连续吃了二十天的鸡蛋捞面。那段时间他俩正吵架,我吃了二十天白面条。萝卜、豆腐、鸡蛋。之后又是萝卜、豆腐、鸡蛋。我不是不觉得恶心,只不过不能觉得恶心罢了。我必须吃下去,面条仅仅是面条罢了。在家我听话得很。

"你卡上还有多少钱?"我妈漫不经心地问。她夹起了一块黄色的豆腐,塞进嘴巴里嚼着。她一边嚼一边盯着电视。《新闻联播》。

我心一晃,像是谁在心口上敲了一下。我知道要开始了。我说:"还有五百块。"其实我心里明白,上学期的钱还剩下四百多一点。多一点,我想,比四百多一点就不是四百了,那就算是五百块吧。

"放屁。我能不知道有多少钱?"她盯着我,然后说,"你还骗我呢?我心里有数。放假这两天你同学来找你玩,能不花钱吗?我算着呢。你回来了一共一个月零三天,总共有二十一天没在家里吃饭。除去咱们走亲戚不说，你有十三天都在外面和同学吃饭。你们吃饭不花钱吗？你还有同学过生日，我知道你给他买了礼物——这应该——买礼物能不花钱吗？你还想骗我呢？你说你骗我干什么？"

我妈说话的时候，周围一下子安静了，电视机的声音突然变得大了起来。两段新闻中间出现了短暂的空白，让我妈的声音显得特别突兀。我不知道这是怎么了。我把注意力转移到桌子上的几盘菜：醋熘白菜、西红柿炒鸡蛋和芹菜炒肉片。我注视着盘子和碗。

我面前放着一个大碗，满满一碗玉米粥，基本上没怎么动。我又把注意力转移到吃饭的声音上，用尽全力让咀嚼饭菜的声音变得大一些。吃饭的声音一大，我妈的声音就显得小了。当然这是自欺欺人，但我宁愿先骗自己一会儿。接着我开始注意电视机，《新闻联播》上说，各地人民喜迎"十五"，全国人民都在闹花灯，吃元宵。电视里响起了花炮，显得很热闹。我心里为这个热闹叫好了那么一会儿，这声音足够大，转移了大家的注意力。不过很快我就像被花炮击中了那样没了气。我觉得电视上那么热闹，但这桌子上的菜都快凉了。

我爸这时候瞪了我妈一眼。这一瞪是偷偷的，好像希望我妈看到，又不希望被看到一样，那感觉很微妙，很快就缩了回去。我爸这会儿动作十分频繁。他夹了一块豆腐，接着又夹了一块。他端起了碗，把头伸进去喝了一口，那动作是那么缓慢，像再也不愿意把头重新伸出来一样。他放下了大碗，接着有点犹豫，过了那么一会儿,他决定夹一块肉片。我总觉得他的脖子变粗了。

接下来电视机的声音不管用了,电视机的声音再大也不管用了,更不用说咀嚼饭菜的声音了。我妈一下子把筷子扣在了碗上,其中有一只筷子还掉落在了桌子上。筷子弹了四下,发出了四次不同的声音。叮,咚,啪,哒。最后就躺在那盘白菜下面不动了。汤汁洒出来了一些,像无数只眼睛一样盯着我看。它们闪闪发光,像是在同情我,但我真的不需要。

我妈先是哼了一声,接着她说:"有的人怎么不说话?怎么一提到生活费就不说话了?一到这个时候你就装糊涂,我还看不出来你在想什么吗?你干吗装糊涂呢?"

我爸这时候看了我一眼。他的眼神是通红的,像两条虫一样在那里面缩着。犹豫了片刻,对我妈哼了一声。我对这个声音特别熟悉,小的时候,他这么一哼,我一句话都不敢说了。

"你还想说什么?"我妈问。

"你没有钱了吗?"我爸把脸转过来对着我,那脸像烧着了一样。我爸越来越胖了。他还在单位上班的时候,人很瘦削。后来辞了职,他开始躺在了沙发上,看起了电视。后来他就那么躺着,好像再也站不起来了。他简直和沙发合二为一了。有时候他出去忙几天,回到家就又躺在了沙发上。他越来越胖了,脸上的肉都没地方长了。我觉得他宁愿永远待在沙发上。

"有。"我说。

我妈立刻骂我:"有?你还敢说有?你还帮着他说话?你想气死我是怎么着?"我妈把脸转向了我爸,这还是今天晚上第一次。"你还装糊涂吗?"我妈怒目而视。我听着她的声音,像是从房间别的地方传来一样,那声音在传递中发生了令人心惊的抖动。

我爸又端起了碗。但这次他喝得非常勉强了,喝了一口,好像喝不下去了那样放下了。

我妈说:"你给儿子拿三千块钱出来。"接着她说:"我们单位的老张,每学期孩子上学,不都是一次拿出三千块?我们不问你要,你就不说吗?你听好了,现在就要,给我拿出三千块钱来。你以为你能躲得掉吗?"

那是夜里十点钟,我跟着我爸在自动取款机前取了钱。他数了一遍,捏着那钱像在秋风里捏着一沓落叶。他把钱给了我。

"放好。"他说。

他看着我,说:"以后没钱了,就问我要。"

犹豫了片刻,又说:

"别只知道找你妈。"

这就是我生活费的来历。那天早上我起了床,我妈又给我塞了一千块在信封里面。我爸和我妈之所以把钱直接给我,因为在银行异地存取款,要扣掉手续费。这就是他们让我带那么多钱上路的全部原因。

3

我来学校的时候，心里就开始算计了。我有四千多块钱，一共要花大概四个月，这样算来，每个月有一千块呢。我心想，奶奶的，老子还是挺富有的。

一千块，这是一笔巨款。去他妈的红塔山吧，我想，怎么着也得抽个黄金叶。我有我的打算，到第三个月，我就再要一次钱，管它的。我觉得我都成大款了。

他们想错了，完全错了——我指的是我的父母——他们根本不知道自己的儿子是一个什么样的人。他们以为我拿着这钱用功读书，老老实实，看书学习，跟什么似的。但他们想错了。这不怪他们，我觉得是我装得太像，一想到我在他们面前那一副好孩子的模样，我就得意得要笑出声来。在学校，我完全就是两回事了。离那么远，谁都管不着我，一到学校我就自由了。

去学校的头一晚，我给女朋友打了电话，约她出来玩。那天是星期天，是个好时候。当你肚子里塞满了东西，又吸过了烟，脑子里就该想点别的什么了。

打过电话，我去了一趟超市，我需要买各种东西，为晚上的事情做准备。吃的、喝的、用的，一大堆呢。我买了包三五烟，硬盒的那种。那盒子摸在手里沉甸甸光滑滑的，像娘们儿的皮肤。上面写着：启迪深邃思维，探寻悠远意境。——为了这深邃意境花了我十五块。我还买了矿泉水和可乐，一升装的那种。还有晚上要吃的薯片、果冻、带奶油的面包、泡面、橘子罐头、巧克力饼干、五香瓜子和几包油汪汪的辣条。几乎所有零食,给我扫了个遍——没这些东西,晚上可看不了电视。

除此之外,还买了几根黄瓜、一盒圣女果,又拿了一盒绿箭牌柠檬糖,这东西装在挺漂亮的铁罐子里,不买都不行。我把这些东西一股脑儿装进塑料袋里。多少钱,我说。这种感觉让我有些得意。至于花了多少钱,我没怎么去算。现在不是算这些小钱的时候,这点钱算什么。

提着这么一大袋子东西,我去了学校小东门。那里旅馆密布,多得像田地里的耗子洞。我刚出校门,就有大妈上来打招呼。她们搬着小马扎,在胡同口坐着,成群结队的样子,各自扇着手中的蒲扇。看到手提东西的家伙们从学校里出来,大妈们就迈开步子赶上去,一把拽着人家的胳膊再也不放:

"小伙子,找地方住不?"

但我没搭理她们。我沿着司炉胡同一直往里走,拐过豆芽街,沿着更小的一条胡同走。走到胡同出口——胡同的另一侧是一条不起眼的小街——尽头处竖着一方广告灯箱,亮着大红色的光。那上面写着"洞庭旅社"四个字。旁边是一些略小的字,双人间、单间、电脑、淋浴。旅社门口,蹲着一对石狮子,瞪着卵蛋大的两对眼睛,像在琢磨什么正经事儿一样。

我走到那招牌那里,隔着窗户,老板在里头跟我打招呼:

"来啦?"

"来啦。"

老板人高,马大,五十多岁,左手中指上戴着一枚金戒指。他整天坐在门厅里,逗鸟,抽烟,看《铁道游击队》和拳击比赛。此刻,这家伙夹着一支黄金叶,倚着门框,简直把那门给塞满了。在他的身后,电视机正播着一场足球赛。他怪有意思地打量着我。我递给他一支"三五",他把那烟捏手里,抬了一下,问我:

"老房间?"

我点点头:

"老房间。"

老板嘿嘿笑笑,转身给我拿钥匙和遥控器。我在走廊里等着,打量着光洁的地板。这地方房间大,透气,亮堂,独立卫生间加空调,带液晶电视。一晚上才四十块钱,再找不到比这更合适的地方啦。找到这地方,当初费了我不少工夫。我脑子里不由得想起来和第一个女朋友开房时的狼狈情形,那天我们住在快捷宾馆,花了一百五十块。我没想到住宾馆还得交押金,差点拿不出那么多钱。我和那姑娘没过多久就分手了。她叫什么名字来着?我琢磨着,这会儿有点想不起来了。

老板握着空调和电视的遥控器出来,我打开袋子,把那两件东西丢进去。接着,我伸手掏钱。那么厚一沓钱,握在手里舒服极了,舒坦,敞亮,踏实。钱是红色的,闪亮亮,但是不烫手,拿在手里就让人有了自信,说话音量都会高上三格。我抽出两张递给他,算是押金。

终于可以歇一歇啦!到房间后,我打开窗户,让风可以很畅快地吹进来。接着我躺在床上，一连抽了三根香烟，吃了两块饼干，拧开可乐喝了两口，歪在沙发上将电视节目搜了个遍。我躺在那里，手放在肚皮上，抚摸着那上面像野草一样旺盛的汗毛。现在我吃得饱饱的，浑身懒洋洋，什么都不想，简直舒服上天了。那堆吃的、喝的、用的，满满一大袋子，在我身边东倒西歪，像一打匍匐在地的奴隶。×我吧，×我吧，×我吧，那堆东西似乎在说，但我懒得理它们。×我吧，×我吧，×我吧。它们用低低的但是诱惑的声音继续说着。我多少有点不耐烦，点燃了一根烟抽着。

我慢慢抽着烟，有一股陌生但是不赖的味道，那味道没有红塔山熟悉，但是更加昂贵，更加令人舒坦。我想着要不先手个淫，但试了两下还是算了。我想着等会儿要做的那件好事，还是决定先忍一忍。我把那盒安全套拆开，拿出一枚在手里把玩着。那玩意儿的包装油滋滋的，散发着一股类似女人下体的气息，我总觉得光闻闻这气息就能让人硬上一回。

女友到的时候，我正在厕所里撒尿，看着那泡尿在马桶里翻出亮澄澄的泡沫。听到那敲门声，我就知道是她。不用说，我立马硬了，尿液立刻直射出去，像高压水枪那样射在了掀起的马桶盖子上，射在了墙壁上，眼看就要射在挂着的毛巾上，飞溅得四处都是。我急忙调整了角度，对准马桶解决掉了这个问题。

我整整一个假期没见到她了，急得简直发疯。我女朋友似乎有点害羞，那样子更让我急不可耐。她穿着浅绿色的 T 恤，薄薄的一扯就能扯破似的。我笑嘻嘻地看着她，朝她伸出手去。没想到她后退一步，躲开了。我的拉链还没拉上呢，那玩意儿就在裤裆里摇晃着，跟条僵直的蛇一样，但我管不了那么多，因为我口水都要流下来啦。

我再次伸出手去，她挣扎了两下，终于不再动弹了。接着，那双腿温顺地坐在了我的腿上。我摸着那双腿，把手放在它们中间，并朝上摸去。她身上散发出一股快要成熟的水果的味道。我嗅着那股味道，它填满了我的脸，蔓延到我的脖子，最后流淌在我的全身，让我的身体尤其是那条蛇越发膨胀起来。我突然觉得周围的一切都开始熟悉起来。一切又步入正轨了。我把手伸进她的衣服里，捏得她叫出声来。我张开嘴巴，含住她柔软的舌头，吮吸着，我觉得那真叫一个舒坦。

我们总共干了三回，正着一次，反着一次，最后又站着来了一次。我们两个人在床上呈大字形躺着，床上一片狼藉，脏乎乎的简直像个猪窝。中间有人来敲门，说你们他×的小点声。我记得那是反着干的时候，她正撅着屁股，两只手抓进了床单里。那混蛋以为敲敲门就会让我停下来，真是太蠢了。我大骂一声×你×的滚蛋，于是那人就滚蛋了。

4

上大学以来，我一共谈了三个女朋友，目前这是第三个。为了女朋友，我可没少花钱。我给她买过各种各样的东西，衣服、鞋子、化妆品和数不清的零食。家里给的那点儿钱，当然不够用，所以我有别的活儿要干。我干过各种各样的工作，在商场发过传单，在图书馆整理过图书，在餐厅传过菜，什么乱七八糟的事情我都干过。这都算不了什么，能拿到钱就成。

刘磊在搞对象这方面跟我一个德行，但要比我下流多了。此人相貌非常猥琐，堪称猥琐中的典范，属于那种一笑就会流口水的类型。我曾经亲眼见过他的口水滴答在手指上，长长地在半空中拉出了一道明亮的丝，简直像拉面一样，不佩服不行。此人相貌不堪，人又抠门，自然鲜有女孩喜欢，但刘磊自有自己的办法。

那时候我听人说，刘磊是这么干的。每到新学期接新生的时候，他主动给大一女生搬行李，箱子包裹什么的。一趟一趟往人家女生寝室运。这个过程其实是观察的过程、踩点的过程，他在寻找目标了。等到时机成熟，他把相中的女孩子约出来，那些刚来的女学生，傻傻分不清楚，稀里糊涂就答应了，这就是她们注定要倒霉的第一步。

把女孩约出来，不一定能把事情办成。这里头有功夫了。刘磊的功夫在于他敢下料。他在饮料里加了点儿东西，就这么着得手了。那些刚来大学的女生，哪里敢声张出去，有的女孩还主动倒贴，非要刘磊当他男朋友，简直疯了。那还是大二时候的事情，一个女孩找到寝室，大闹了那么一场。后来慢慢地有了传言，说刘磊是个变态。不过我倒觉得没什么好稀奇的,女孩不过是女孩,谁知道她们是不是乐意被放倒呢。

我一直觉得,对待女人这方面,真正的困难根本不在于该怎么追,而在于该怎么甩,甩要甩得干净、利索、不留后患。不过,最高明的是藕断丝连,用之即来,挥之即去,那才能体现出水平。对于老金来说,这事儿就比较简单,最常用的手段是给钱,爱要不要,不要拉倒,一副无所谓的姿态。老金是我的好哥们儿,我最佩服他,他似乎是某个领导的儿子,人帅,有钱,爱玩儿。我和他相识,是大一下学期时候的事情了。

那时我在饭店打工,差不多快打烊的时候,从门里进来一个家伙,一进门就喊着要啤酒。服务员告诉他说快关门了,没想到他飞起一脚踹了过去。我赶紧过去看,发现这家伙有些面熟,于是拦住了正在往胳膊上捋袖子的老板,说这是我同学,我看是喝醉了。我把他扶起来,往门外走。

他叫上一辆出租车,我俩直奔市郊一个叫大唐飞歌的会所。"今天就你了,咱们洗澡,我请客,别人都是他×的混蛋!"他在出租车上喊了起来。我多少有点紧张,但是兴奋,我还没有去过那种地方,而且我知道面前这家伙挺有钱,是院里出名的花花大少。"你叫什么?"他问我。我说我叫石小勇,住你隔壁。"噢噢,我记得你,脸洗不干净的那个傻×。"他哈哈笑道,"得,今天我带你洗个干净。"

我们去包房唱歌,那时候还真是把我给镇住了。他叫了两个裸陪，于是两个姑娘，从头到脚仅穿着高跟鞋，走进了房间。我的心怦怦地跳了起来，简直不敢相信自己的眼睛。现在想想，我那时候真是太傻×了，那姑娘屁股贴着我坐下，我顿时手足无措，狼狈不堪，眼睛和手都不知道该放在哪里，老金非常邪恶地笑了起来："放轻松兄弟，想干什么都成，一整夜她都归你了！"

老金那天叫了两个一条龙，唱歌洗澡打炮，一整套下来，两个人要花掉两千多块。我最后一分钱没掏，也掏不起。老金说算了，都说了我请客，你是被我拉来的。这事就轻描淡写地过去了。从那天后，我和老金就算认识了，泡网吧、打台球、喝酒，后来我发现了，他总是在失意的时候才找我。对此我毫不介意，反正有免费的啤酒，何乐而不为。

两个月前的一天，老金给我打了电话，说出了点事，让我赶快过去一下。那是个明亮温暖的午后，我走进了距离学校不远的一个小区，找到门牌号之后敲了敲门，没有人应声，我仔细一看，发现门竟然没有锁。犹豫片刻，我推门而入，那是一个一室一厅的小公寓。

里面一片狼藉，地板上铺满了玻璃碴，盘子、杯子、相框和热水壶摔得一塌糊涂，烂掉的水果、脏兮兮的衣服和枕头乱作一团。客厅里茶几已经被掀翻，一台老式电视机像死人的脑袋一样扣在地上。本来有一道帘子把客厅和卧室隔开，但是那帘子被扯下了一半，我看到老金在里面那张床上躺着。他那肥胖的白色身躯在午后的阳光下闪烁着奇异的光，像是一头正在晒暖的海豹，或者一具尸体。我赶紧走了过去,发现他睡着了。我摇醒了他。

"我×,这是怎么了?"

他的精神多少有些恍惚,眼光聚不起来。我找了个杯子,给他倒了杯水,让他喝下去,没想到他一伸手挡开了,哑着嗓子问:

"有烟吗?"

我掏出烟盒,伸到他面前,他慢慢坐起来,抽出来一支烟点上。他的手有些哆嗦,身上仅穿一条裤头,头发乱成一团,一条一条的血道从他脖子上蔓延到全身,那是女人用指甲抓出的痕迹。他那身体上布满了油腻腻的汗水,汗水沿着他肥胖的两只乳房一直往下流,流过肚脐,流过三条褶子的肚皮,最终流进了裤缝。他一直没有看我的眼睛。我问他到底出什么事了,他摇摇头说没啥,你帮我把这里收拾下吧。

我不再多问,我注意到他像一头筋疲力尽的猪那样喘着气,劝他去洗洗澡,把身上那些收拾一下。他把手放在我的肩膀上说:"兄弟,这时候也就你能帮我了,别告诉别人。"我点点头答应了。

一直收拾到傍晚,房间里才勉强像个样子。我发现了好几条女人的各式内裤。我没有声张,丢进了垃圾袋。最后收拾了足足几大包垃圾,把这堆东西塞进了楼下的垃圾桶。

他那时候已经把自己打理了一番,但是面容依旧十分疲倦。他的头发竟然被生生揪下来了一片,露出来浅色的头皮,看上去颇为吓人,我问他接下来怎么办。他找了顶球帽戴上,非常冷淡地说去喝酒。我们找了个路边摊坐下。他点了一件青岛,还有几个凉菜、一条烤鱼和一盘烤串。我们两个人干了几杯,我本指望他会说点什么,没想到两瓶啤酒没喝完,他告诉我说他要走了。

"你去哪儿?"我惊愕地问。

"去找个人。"他毫不在意地讲,眼睛看着别处,那样子像是在思考什么别的问题,"你吃吧,账我已经结了。"

"对了,这个给你。"说着他从口袋里摸出一样东西,丢在我面前的桌子上。我低头一看,是一串钥匙。

"刚刚那个房子的,你要是想住,就拿去。"

一时之间,我没反应过来,他究竟是什么意思。因为他那神情真的是太奇怪了,他是在感谢我吗?他为什么不能像好兄弟那样说一声谢谢呢?他脸上的表情真是冷淡极了,我猜不透他的心思。

"你不是有女朋友吗?房租我交了一季的,你住就成了,到期了你想续就续,不想续就算了,到时候记得把押金还我。"

"房租多少?"我问。

"一个月七百。"

我觉得口干舌燥,看着老金,我想问他这到底是什么意思。

"你到底要还是不要?"

老金看着我,目光闪烁。那是他第一次看我的眼睛。

他居然在笑,一种狰狞、狡猾的笑容,他正在观察我的表情,看我如何回应。他的两只眼睛里,闪烁着明亮而邪恶的光亮。那是一种带着威胁的笑容,一种夹杂着嘲笑和玩弄的笑容。

"废话,不要白不要!"我回答道。

哈哈哈,他笑起来,哈哈哈,他大笑起来。我清晰地意识到他正在感受着一种战胜了我、让我屈服了的感觉。他就是为了这个才笑的。他下午在我面前出了丑,现在终于扳回了一局,仿佛我接受了他的什么施舍。我脸上多少有些发热。困惑、惊讶、诡异和愤怒在我血管里流动着。

他站起来,拍了拍我的肩膀说,这事别告诉别人,你就告诉你女朋友是你自己租的。然后他走了。

他到底没说一句谢谢。

第二天,我找到了女朋友,告诉她要给她个惊喜。

"这真的是你租的?你哪儿来的钱?"她几乎不敢相信,"还有热水器呢!"她叫起来。"你哪儿来这么多钱,不是骗我吧?"她问。

"不骗你。"我说,"骗你干吗?我家里最近挣了一笔小钱,奖励了我几千块。"

"太棒了,老公!"她一下子把我压在床上,嘴唇压在我的脸上,把我弄得喘不过气来。"我从小就梦想着有这么一间房间!我要把这里装饰一下!"她的眼睛里几乎闪烁着泪花,浑身上下都在抖动。她抱着我又亲又啃,我觉得她简直是疯了。她拉着我,说咱们现在就走,我要把这里好好装扮一下!她一下子伸开四肢躺在床上,用力地上下颠簸,之后一个鲤鱼打挺起来:"咱们现在就去,我简直等不及了!"

我俩打车去了中华市场,那里有许多批发装饰用品的店铺。她兴奋地从这家店钻进那家店,在花样翻新的壁纸、帘子和桌布中挑挑拣拣。她是那么的兴奋、激动,甚至有点亢奋。整整一个下午,我们买了一大堆东西,她的脸由于刺激而变得通红。我们去肯德基买了汉堡、可乐和全家桶,接着打车回来,直接就回到了房子那里,那时候是傍晚了。我们打开了灯,把那些粉红色的装饰物贴在窗户、大衣柜和梳妆台上。把她精心挑选的紫色水晶帘挂起来,然后在床头贴上同样是粉红色的、上面布满了可爱图像的壁纸。我们一边干一边吃,她整个过程都无法平静下来,直到她把最后一枚小小的贴画贴在了墙壁上,左右端详一番,最后长长地喘了口气。她站在房间中央,把所有的灯都打开,一会儿看看梳妆台,一会儿看看她的水晶帘子,怎么都停不下来。我躺在床上,看着她兴奋地走来走去,像是一个彻头彻尾的女人那样审视着自己的屋子,现在整个房间几乎都要变成粉红色的了。

甚至在我身体下面躺着的时候,她都不肯闭上眼睛,两只眼睛越过我的肩膀,停留在墙上粉红色的壁纸上。我多干了她两次,她被我教训得乖乖的,让她干吗就干吗,甚至变换了好几个她之前绝对不肯的姿势。我狠狠地干着她,我觉得女人这生物真的是不可理喻,天知道她们在想些什么。

第二天醒来的时候，几乎是中午了，我发现她早就醒了。她依靠在床头，还在环顾着房间，那样子简直像着了魔。我问她怎么了，说实话，她那模样多少有点吓着我了。她那时候对我说：

"好像少了点什么。"

我看了看那小猫图案的粉红色壁纸，大衣柜上的小猫贴画，问她少了点什么。她喃喃自语，最后她说：

"我觉得我们该养只猫。"

接着她点点头，更加确信了自己的想法：

"没错，房间里少了一只可爱的小猫咪。"

"你觉得呢，老公。"她看着我，眼睛亮亮的。我说我不知道，老实说我多少有点累了。

我在床上转了个身，背对着她，接着我下了床，进了卫生间，把门关上，在马桶上坐下来，那里是唯一没有粉色的地方了。我觉得多少有点安静了。我突然想起了一件事情。

那是在我很小的时候，家里进了老鼠。我爸花了十五块买了一只猫回来。那是一只喵喵叫的小狸花猫，脑袋瓜和背上都有美丽的花纹，两只眼睛又圆又亮，可能一岁都不到。它刚来我们家那两天，夜里一直拼命叫唤，我爸说那叫声能把老鼠给吓走。

我简直开心坏了，那感觉像是有了一件新玩具。几个星期的时间里，我想出了很多和它一起玩儿的游戏。我往它的嘴里灌白酒，教它练醉拳。还把它往水桶里按，好看看它到底能憋多长时间的气。我甚至把它绑在吊扇上，让扇叶嗖嗖地转起来。这全是为了它好，这样它就成了一只会飞的猫了，世界上独一无二的会飞的猫。后来有天，我开始和它玩儿起了扮演游戏，那是所有游戏中我最喜欢的一种。我扮演一个英勇无比的英雄，它则扮演我的敌人。

我把它放在书架上最高的地方，那里是一座悬崖，它试图想要跳下来，但是却迟疑地看着那个高度，最终一动不动，在上面缩成一团。我当然是不会让它得逞的，它已经对我方造成了太多的伤害，我自然饶不了它，必须让我的新式武器派上用场。

那是公园里最常见的，用来扎气球的飞镖。镖身是塑料的，有红、黄、蓝三种颜色，在我看来代表着勇气、荣耀和尊严。镖头是铁或者钢做成的，沉甸甸的很有分量，这分量让我勇气倍增。为了有种实战的感觉，我特地把镖头磨得又尖又利，看上去挺像那么回事儿。我拿着那飞镖，是战场上最有勇气的战士，我的敌人就是悬崖上那只喵喵叫的巨大怪兽，我必须击倒它，以证明自己的勇气和忠诚。我调整角度，英勇无比地把手里的飞镖投向它。飞镖越过悬崖，越过成千上万的军队，最终扎在了它的身体上，发出一种很扎实的沉闷的声音，那声音比我想象中要大，显得非常真实。我兴奋极了，为了体现出我射术的精准，我决定瞄准它的眼睛。

一出手我就知道中了！这一镖简直又准又狠，欢呼吧！我跳起来，欢呼吧，庆祝吧，我的臣民们！我听见那蠢货惨叫一声，声音像是从一个小婴儿嘴里发出了狰狞的叫喊。黑色的血像泥浆那样喷射，从书架上一阵雨一样淋下来。天哪，这个畜生！我感到害怕，它飞快地跳到床上，于是那血出现在床单、被子和枕头上。那么多血让我的头一下子就炸了。

畜生！真是畜生！我很快就抓住了它，它那模样让我感到恶心，破掉的眼珠子从眼眶里滚落出来，仅靠一条长长的粉色的肉连着。我把猫塞进了一只鞋盒，它在里面惨叫不止，那声音让我感到不安。那时候我满手都是血，脸上也有不少。我心想时间已经不早了，必须马上下定决心。我带上阳台上的铲子，下了楼。楼下的后院是一大片草地，那是钢材公司用来堆放钢材的院子，在一个没人注意的角落，我匆匆忙忙挖了个坑，把那盒子埋了进去。我一边埋，一边恶狠狠地咒骂。从那时我就明白，猫就是这么一种玩意儿，一种会折腾你几个小时，让你浑身是血，满脸是土，让你筋疲力尽的蠢东西。

"你觉得呢？老公，我想养一只猫。"

女友还在看我，她把手攀上了我的胳膊，开始摇晃。这是她撒娇的常用手段。我翻了个身，不再看她，我那时候觉得，女人这东西简直跟猫没什么区别，都一样的一无是处，一样的愚蠢，一样的美丽。

5

我从寝室搬了出来，和女友同居了。我俩整天待在一起，吃饭、逛街、玩游戏、看电影、晚上在床上折腾。自从发生了那件事之后，我很少见到老金，主要是因为我很少去上课了。我们的课也不多，有一天我算了算，发现我自己有两个多月没去过教室了。事实上，我们只是在晚上散步的时候，才去校园里闲逛一下。剩下的时间我们几乎都赖在床上、沙发上，玩游戏或者看电视，就连吃饭也不肯下床，只有在地板上垃圾成堆，实在让人看不下去的时候，我才会勉强起来收拾一下。有时候我觉得自己简直跟猪没什么区别。我这么问她：

"你说，这么久不去上课，会不会不太好。"

"那有什么，我也没去过。"

女友接着说："要不，咱们出去玩儿吧。学校太没意思了。"

"成。"我说，"老子就带你出去玩儿一次。"说这话的时候我觉得自己很男人。

我算了算口袋里的钱，数量超过了我的想象。省掉了每个星期的开房钱，生活费还剩了不少。她说她也有钱，足够我们出去玩儿一次。于是我们就这么激动地决定了。几乎没怎么想，我俩决定去西安。这地方有兵马俑，有华清池，还有令人心动的小吃，离我们这里也不远，火车票还买得起。当天晚上，我们买好了车票。夜里十二点，车站广场上吹着的风让我俩感到十分凉爽。

到达西安是在第二天中午。我和女友在银行里各自把钱取出来，在房间里摊开了摆在了床上，那情形就像电视里缴获的赃款，看着让人觉得很痛快。那里有整整四千块，洁白的床单上，纸币散发着清新优美的味道，让人迷醉、自信、情欲勃发。我看着那些钱，觉得身体的每个角落油然而生一种强劲的欲望，当我去看女友时，从她的眼睛里我看到了相似的光。

我们不约而同地脱光了衣服，滚倒在了床上。她赤裸的臀部贴在那红色的一张张纸币上，芳草茂密，气味清香，宛若一只皮毛柔顺的野兽，让我的脑子嗡嗡作响。我闭上眼睛，压倒在她的身上，压倒在那些单薄的、赤裸的、发臭的、充满性欲和快感的钱币上。

我闭上眼睛，她在我身下配合着。我那时候意识到自己满脑子里飘荡的都是味道。那是凝聚了无数快感的味道，那儿让人心颤神迷，让人赤裸裸地一丝不挂，仿若重返了伊甸园，那是个只有清新的芳草、流蜜的河流、饱满的果实、驯服的小羊和淫荡牧羊人的世界。在那里所有的女人都赤身裸体，在草地上打滚、嬉戏、等待做爱。在那里，红色的、成堆的纸币埋藏在草地之下，从山峦到洞穴，从脚趾到腋窝，从草地上空到雪山风口，全都涌动着浓稠的钞票味儿，那是快感的源泉，高潮的秘密，那是一个让人肆意生长，持续喷射的世界。我突然觉得太少了！

太少了。

如果在成吨的钱币中翻滚，那将会是怎样一种快乐的感觉，如果在整整一个屋子的纸币中翻滚，那简直是最无法想象的、脑子魂飞魄散的极乐。然而在我们身下的，只有区区四千块。我们最后在床头那里坐着，分享着那最后的一丝快乐。我们都在喘气。

第二天，女友把钱唰唰地整好，放在嘴边亲了一下，向我宣布这些钱都由她保管，一切她说了算，我只需要跟着她就行了。接下来的几天，差不多是在尽情挥洒中过去的。我们去了城墙，在上面骑了一个下午的自行车，去了鼓楼夜市，吃了也没觉得怎么高明的羊肉泡馍，后来我们甚至在华清池泡了温泉，那是一个当地人推荐的，结果没泡多久她就觉得头晕。从隔壁的房间里很明显传来一男一女尽情嬉戏的声音，那声音显得多少有点刺耳，最后三百块就泡了十分钟，我们大吵了一架。我觉得有气没处撒。

"不去了！兵马俑不去了！"我喊了起来。

"你以为我想这样？我就是头晕嘛！"她很委屈的样子。

兵马俑还是去了，整个过程中，我和她都在冷战。

也没什么意思嘛。她说："没意思，真没意思，没意思透了！"

我说我觉得好看极了。好看，非常好看，真的太好看了！

好看个屁。兵马俑在坑道里，站成一排一排的，还有许多战马。这些家伙全都大眼瞪小眼的样子，连马都大睁着眼睛，简直在上演一出哑剧。为了看这些东西，竟然要花掉两三百块钱，我觉得心痛，心痛极了，老实说，还不如找一家酒店，大干一场来得实惠。我觉得它们似乎看透了我的心思，正在不出声地笑话我。

那是我们在西安的第四天了。有一个问题在那里，隐隐约约，令我感到不安。我想我女友一定也注意到了这点。伴随着这些日子，钞票一张一张地飞了出去，像握不住的小鸟。我觉得有些焦虑了。我没敢去计算，但我知道我们已经花了不少钱了。

那天早晨，我有点忍不住了。我终于开口问道：

"喂，咱们花了多少钱？"

女友没有回答，她只是淡淡地说，花了很多。

"咱们可不能这样了。"我说，"咱们不能乱花钱了。"我就是这么说的，我告诉她，我们必须要回学校了，我们还要考研呢。我们的时间不多了。我发现自己有点害怕了。我害怕计算自己口袋里的钞票。我在想接下来要干点什么。

"那，咱们就回去吧。"女友说。

我们去车站买了车票，下午又去了鼓楼溜达。在一张椅子上，我俩静静地坐了很久。快乐的时光就要过去，我们马上就要离开这座城市了。那是最后的一个夜晚，我们去了大雁塔。

我们到达的时候，已经是黄昏了，大雁塔前面开阔的广场上，人群正在从四面八方汇集过来。这里每天晚上都会有音乐喷泉，今天正好赶上什么文化节，所以格外隆重。我们两个在广场上来回溜达，车票是凌晨的，还有整整几个小时的时间在这座城市里流连。我们在最上面的一层台阶上坐下来，大雁塔就在我们的对面。

小时候，在课本上见到过大雁塔的照片，除了大雁塔,还有一座小雁塔与之齐名。当时,我觉得这个塔的名字非常古怪,不禁在脑子里试着幻想它落满大雁的情形,但我想象不出。我连大雁都没见过,更何况落满大雁的塔了。我觉得对于大雁们来说,一座塔显得太小了,根本没有落脚的地方。现在它就在我的眼前了。

很明显,那里没有大雁。

大雁塔在灯光的照射下,显得宁静安详。一轮洁白的明月在夜空里照耀。梭巡的光束不断变换着色彩,把整个塔身照耀出各种颜色。在一个特殊的时刻,塔身突然变成了红色,而且不再变化。整座塔看上去红彤彤的,和勃起的阴茎简直一个样,我突然意识到这就是血的颜色,是红色,是红塔,是红塔山。

前面的音乐广场上,无数彩色的激流从地面喷涌到天空,快乐的男男女女们在那快乐的源泉下面跳跃,追逐,打闹,尖叫。音乐喷泉开始了,周围响起了音乐声。但我仿佛看见的是另外一种情景。那些伴随音乐喷射的水花令人情欲旺盛,年轻的姑娘们在水花下面穿梭,她们仿佛奔跑在古代帝王的酒池肉林之中。我看到她们伸出手拨弄那浪花的样子,她们自己是否知道自己是多么美丽呢?

越是这么想,我越是觉得呼吸急促,几乎喘不上气来。

红塔在黑暗的远处兀自矗立,仿若一座用红色纸币、红色欲望、红色目光和红色肉体堆积成的图腾。在我面前,仿佛正在展开一场盛大的古代祭祀。那些在广场上纵情欢乐的年轻肉体,都被这红塔的光芒所照耀,所迷惑,所鼓励和所镇服。

那是一座拥有无限魔力,令人醉生梦死的红塔山。

"咱们也去玩儿吧。"我深吸了一口气,对女友说。

她摇了摇头,问我有没有烟,她很想来一根。我从口袋里摸出烟盒,给了她一支,自己也抽出一支点上。我们两个就坐在台阶上抽烟。我问她到底怎么了。我肚子不太舒服。她这么回答:

"玩儿了好多天了,我就想这么看着。"

我点了点头。于是我们就那么看着。我想那土坑里的兵马俑,很可能也就是像我们这样看人的。几个小时后,我们吃了饭,叫上一辆出租车,离开了那里。我们离开的时候,大雁塔依旧保持着红色的姿态,在黑暗中,越来越远。直到上火车之前,我和女友都没怎么说话。我感到莫名的疲倦。

我们买的是站票。人出奇的多,我在吸烟区占了位置,把行李放在地上,好让她坐在上面。三个小时之后,我多少感到有点恶心,女友蹲在那里睡着了。吸烟区塞满了人,我从空气中闻到了各种牌子的味道,白沙、双喜、兰州、红塔山、南京和苏烟。快到洛阳的时候,我抽掉了身上的最后一支红塔山,把那干瘪瘪的烟盒丢在了垃圾桶里。

女友就是在那时受不住的。她先是突然把手捂在了嘴巴上,接着就有点摇摇晃晃。我伸手搀扶她的时候,觉得她的身体像一袋面粉,有气无力的样子。刚打开卫生间的门,她俯下身子就吐了。那些黄吞吞油汪汪的东西,全给吐了出来,在地板上摊了一地。

"小伙子,这怎么行,下车吧。"

列车员这么跟我说,奇怪的是,她说话的时候让我想起了我妈。我不知道这是什么感觉。但我在洛阳下了车,我看她实在是受不了了,下车的时候脚步都有些不稳当。那时候天都快亮了,广场上空空荡荡,地上三五成群地坐着一些人,看上去像堆在场里的麦秸。我让我女友坐着,给她买了瓶水。她接过来,漱了漱口。

"你这是怎么了?"我问。

"对不起,都是我不好。"

"怎么了?"我问。

"我感觉像是怀孕了。"

"你说什么?"

"我上个月没有来。"

我觉得胃部一阵收缩,像是谁狠狠地给了我一拳。

"你确定?你可别胡说!"

她抬起头,她眼眶里全是泪水。

"你不要生气,我好怕。"

我简直不忍心多看她一眼。我觉得我烧着了,浑身都烧着了,我闻到了毛发燃烧的焦煳味儿。我摸了摸胸口,又摸了摸肚子,手足无措,我的手掌向下伸去,最后抵达裤袋。我想找一支烟抽。

我简直不能相信,我他×的摸到了一个避孕套。

6

我狠狠地教训了她。

还不能打脸。我使劲儿地掐她的肚子,恨不得把她身上的肉给揪下来。我罚她倒立,就像学校里老师罚站一样。我用课本抽她,这都是为了她好,得让她长点教训。她默默地忍受了一切,一句反驳的话都没有,任凭我咒骂、毒打。我简直给气坏了,这事能怪我吗?

事情向来毁在女人手里。

我们去药店买了试纸,那时候是晚上。我问售货员,这玩意儿到底准确不准确。那是一个比我妈要年轻几岁的女人,她看了我一眼,悠悠地问:

"上次房事,是什么时候?"

我差点被她给噎住,女友脸一下子就红了。我觉得自己站在药店里像个傻逼,整个药店的人都在看我们。见我没有回答,那女人又悠悠然而清晰地说:

"房事过后两星期就能测出来,大多数情况都没错……"

我心里咒骂了她一句,急忙付了钱。正如那女人所说,试纸上非常清晰地显出了两条杠杠。那就是怀孕了。我们两个人呆坐在那粉红色的房间里,房间里全是避孕套的淫靡味道。她哭着问我,到底该怎么办呢?现在。

我的脑子几乎乱成了一团麻,而且木,丧失了所有的感觉。我想起来之前,女生寝室楼下经常有人发小广告,全是无痛人流,有卡片式的、传单式的,还有的印成了小册子,像一本杂志。我路过时也被塞了一张卡片,上面有漂亮的白衣天使微笑着,写着那么一行字:第一次八折,第二次七折,微创安全,精心呵护。我把那卡片带回寝室,大声地念出上面写的字,寝室里的人没有不笑的……谁能想到这事居然会真的落在我头上呢?我越是这么想,就越是觉得诡异。

当务之急是需要钱。

我觉得自己需要三千,至少,两千五。我听说过那些故事,为了省钱去小诊所,结果大出血什么的。我不知道大出血什么意思,但"大出血"这词挺可怕。我这时才察觉到自己的窘境。我跟班里的同学都很疏远,三年来根本没说上几句话。我不属于那种能说会道的类型,而且人又懒散,没参加什么聚会,什么比赛,什么活动。能帮上自己忙的人真是少之又少。但我没别的路了。我翻开手机通讯录,从知道名字的同学开始搜。这时我惊讶地发现,自己甚至无法将这些名字和人对上号。

但我决不能慌。我得找机会,不能让别人看出我的匆忙。如果那样的话,总会有人来问,为什么借钱。我想这事儿还是不要张扬为妙。

趁天黑的时候,我挨个去同学的寝室,向他们借钱。像个推销员,我从一个房间走到另一个房间,和那些还很陌生的同学说话。他们睁大惊异的眼睛看着我,听到我的要求后,开始默默地玩儿游戏了。我仿佛从黑暗中走向黑暗,所幸的是,这种黑暗让我感觉到安全。

这么着,两天时间里,一共凑到了八百块。

这个借一点，那个要一点。这样凑齐了八百块。但这远远不够，加上卡里所有的钱，连两千块都不到。我决定去找老金。

晚饭的时候，我和老金在学校的南门见了面。我这才想起来已经两个月没见过他了。他说，咱们去吃饭吧，还去那家馆子。

老金点了整整一桌子菜，对我们两个人来说，多少有点浪费了。我一边吃，一边想怎么开口。他突然拍了拍我的肩膀："你怎么了，看上去魂不守舍的。"

"没什么。"我说。

"干得太多了吧！"

他一脸邪笑地看着我，对我说：

"怎么样，那张床不错吧，估计够你俩折腾的……"

我勉强笑了笑。但我一直没开口，有什么东西堵着了我的嘴。可能是老金那略带威胁、挑衅的眼神，也可能是别的东西。但到最后，我还是没开口。吃完饭的时候，他伸出手拍了拍我的肩膀，用略带揶揄的口吻对我说：

"怎么样，这顿你请吧？"

"应该的。"我说。

我问服务员多少钱。

"一百四。"

"行。"我说。

我从口袋里掏出钱，数了数。我发现口袋里的钱贴在一起那么单薄，一阵风都能把它们吹走似的。它们贴在一起,好像在相互取暖。

　　我拿出了一张一百的,接着找到了两张十块的。我发现没有二十的了。我也没有五十的。我翻了翻其他的口袋,还有几张五块的纸币,几个硬币也被我翻了出来。五角的。一角的。好几枚呢。我手里握着一把钱,我紧紧地握着。我并拢了手指,生怕那些角币掉落在地上。我尽量并拢它们。

　　最后我凑够了一百四。

　　老金在旁边剔着牙。

　　"好,我吃得很舒服。"他剔完了牙,又一次拍了我的肩膀。

　　我们一起回到了寝室,他先上了楼。

　　我在公话超市门口来回走动,犹豫着。

　　我还是走了进去。我给我妈打了电话。电话那头传来了熟悉的声音。但我根本没听到她在说些什么。我在想别的事情。我觉得手里的不是电话,而是一截吊索,它试图把我的脑袋套进去,勒紧我的脖子。

　　"钱还有吗?"我妈问。

　　我妈的声音显得很高兴。从电话里,我听到了热烈的、打麻将的声音。那气氛听起来很不错。

　　"有,多着呢。"

　　"那就行。"我妈说。

　　我挂掉了电话。

　　上楼之前,我买了一包烟,七块的红塔山。我把那烟拆开,在楼梯口抽着。就那么一小会儿工夫,我抽了好几根。直到我回到寝室,那时候,刘磊正翘着腿,和女孩子视频聊天。他上面穿着西装,下面穿着短裤,脚指头夹着拖鞋,神情悠然,自以为很得意的样子。十分钟后,老金来到寝室,问我要走了五支香烟。

7

现在我睁开眼睛,发现刘磊的床上空了。我突然想起了什么,看了看刘磊的桌子。接着我下了床,发现门是锁好的。刘磊的双喜烟盒被压得有点发瘪,显得特别瘦弱。我走过去,那烟盒口朝里放着,我没有动烟盒,朝里看了看。几支香烟像它们主人的牙齿那么歪斜但是分明地排列着。

我没有动它们,回到了床上,晃了晃自己的烟盒,想看看瓶子里还剩下多少水。我抽出来一根烟,放在鼻子上闻了闻,然后把它叼在嘴里,没有点着。

这时候门锁一阵响动,刘磊进来了。他光着上半身,肩膀上搭着一条毛巾,手里端着一个盆子,头发湿漉漉的。他看到我嘴巴上的香烟,又开始笑嘻嘻了。

"叼着烟不吸给我吸吧。"

他把空着的那只手伸了出来,手心朝上,一动不动地伸在那里,悬停在半空中。我真替他感到累。

我摇晃了一下烟盒,最后几支香烟像孩子那样在里面睡着。我拿出来一支,递给了那只手。于是那手缩了回去,心满意足又得意扬扬地缩了回去。

我去打水。刘磊说。他提着水壶出门了,嘴里的那支香烟就那么叼着,耀武扬威的样子。

门嘶哑地扣上,房间里剩下我一个。我下了床,小心地将门反锁上。我觉得这样挺好。我站在那里,待了一会儿,听听走廊里的动静。

接着,我的脚踩在了床梯上,我的手摸在了刘磊的床铺上,我的屁股也坐上去了。等我发现的时候,自己整个人都在床上了,这让我有点惊讶。

我小心地呼吸着,从门缝下面,虫子一样爬进了走廊的脚步声。这声音提醒了我,我必须要快了。

刘磊的盒子就在他的床头,他自以为是上铺,就没人能动他的东西了。他大错特错了。我俯在刘磊的席子上,那上面光溜溜冰凉凉的。电风扇送来的风抖动着,把我的手给吹抖了。我翻开了刘磊的盒子。那一刹那,我觉得有点奇怪,仿佛那不是盒子,而是刘磊身上那丑陋的、黄色斑点的秋裤。

里面有几个信封,两张银行卡、两双袜子、一面小镜子、一瓶白色的小药瓶和他用来修剪鼻毛的剪刀。除此之外,还有一本薄薄的笔记本。我打开了它,一沓人民币静悄悄地,折叠好了在那里睡着。

她是红色的,赤身裸体,像羞羞答答的处女,又像风情万种的荡妇。我把手伸向了她。我摸了她。我带走了她。

我盖上盖子,打开门,躺到了自己的床上。这时候不来上一口,会要了我的命。我点着了烟,觉得舒服多了。就吸了那么一口，浑身上下松软了。我把那钱塞在枕头下面。但想了想，又重新拿出来，放在了裤兜里面，和我自己的钱放在一起。

我就这么等着。

刘磊回来的时候，一如平常，他打开电脑，开始和女孩聊天了。

烟很快就烧完了。我把手机放下，开始装睡。但我知道自己没有睡着。我注意着刘磊。我发现他看了看表，开始有上床的意思了。我知道这家伙十分钟后，就要上去睡觉。他会先在床边，悠闲地抠一会儿脚趾，将脚趾间的东西弄到地板上，和我闲扯上二十分钟，聊一聊女人。接着，他会半躺在床上，打开那小盒子，拿出剪刀和镜子，修剪他每天都要长出一公分的鼻毛。

他已经开始动身了。

现在我躺在这里，一切过去的事情都在我脑子里滚过去。我记得泡温泉那天，从地下冒出的热水，把我的脚趾烫得像猪皮一样通红；我想起我妈做的西红柿炒鸡蛋，想起我去洞庭旅社那天，老板怪怪地看着我，那眼神跟一对儿转动的电风扇一个模样。

屁股下面那沓钱，好像变成了一个老女人的手。她的手在那里托着，淫荡的手指搔着我的屁股。我喘口气，想让她停下来。我拿屁股使劲儿压着她。

我压着。使劲儿压。压。

汗水像虫子那样从全身的毛孔里爬出来。我觉得不太舒服，像躺在深不见底的河面上。随着河水的起伏，时涨时落。我闭上眼睛,黑暗中,那些土坑里不用花钱的兵马俑,此刻都瞪着眼睛,在看我。

我听见他上了床,接着挪到了床头,翻开了他那个宝贵的鞋盒。但那之后,就什么都听不到了。我那时就知道他一定是发现了。我装着玩儿手机。或许我该继续装睡,那样会好一点。

他似乎把盒子里的东西全翻了出来,因为我听见了哗啦哗啦的声音,最后他放弃了。我听见他一声不吭地下了床,找到了自己的裤子。我能听见他急匆匆翻动裤子口袋的声音。最后,他来到了自己的书桌面前,拉开抽屉,开始在里面翻检。我能听见那些乱七八糟的东西翻动的声音。我觉得那时候我不应该再沉默了,那声音是如此之大,你不注意不行。我翻了个身,问他:

"鸡巴,找什么呢?"

他没有回答,低着头继续找,他在桌子和床铺间来来回回走动。最后他把手伸向了烟盒,抽出一支,点上。我骂道:

"我×,你不是说你没有了吗?"

他没有讲话,在那里默默地抽着。我知道他脑子里一定正在想这究竟是怎么回事儿,我也在想我到底该怎么办。我是应该装作什么都不知道,还是该继续问下去?刚刚我一开口,突然觉得自己轻松了不少,好像自己从来没做过什么一样。我为自己的表现感到吃惊。

刘磊抬起了头看我。他脸上有一种讳莫如深的表情,在日光灯的照射下非常的苍白,眉毛、胡楂和鬓角的汗毛都冒着一层白光。他那样子像是在讲一件极为神秘的事情。

"昨天上午，你在寝室吧？"

我说是，我回来了一会儿。

"你回来的时候，我在干吗？我记得我是喝醉了？"

他这么一问，我好像想起什么来了。

"对，我记得那时候都快中午了，你还在睡觉。我看你肯定是喝醉了，满屋子都是酒味儿。"

我讲话的时候，刘磊一直盯着我看。那是一种正在思索的神情，他脑子正飞快地转动，好像要把这里面的蹊跷给琢磨明白。鸡巴。他骂了这么一句。

"你昨天啥时候走的？"

"我就回来了一会儿，你到底怎么了？"

"杨兵昨天没回来吧？"他问。

"我哪儿知道，我都不在寝室住很久了你不知道吗？"

他不再讲话了，默默地抽着烟。接着他站起来，把寝室的门从里面给反锁了。他又点着了一根烟，这次居然让了我一根。那是六块一包的双喜。我狠狠地吸了一口，好让自己能绷得住脸上的表情。到底啥事？我问他。搞这么神秘。

"鸡巴，我的钱丢了。"

"不会吧，什么时候。"

"就刚刚发现的，丢了两千。"

这下我倒愣住了。其实只有一千五，但我很快反应了过来，装作很惊讶的样子：

"不是吧，这么多！怎么搞的？"

"你帮我回忆回忆，我昨天到底是什么时候回来的？"

"我哪儿知道，我昨天回来的时候你都在床上了，那时候差不多是十点多，你到底干吗去了？"

他不再言语，找到了手机，他嘴里叼着烟，拨通了一个电话。我看着他的脸笼罩在烟雾里，被烟熏得歪歪斜斜，眯缝起了眼睛。他把电话放在耳边一会儿，像是没有接通。接着他再打，电话还是没有通。

"到底怎么回事儿？"我问他。

"肯定是这个女的。"刘磊说。我问他到底是怎么回事。接着他告诉了我昨天晚上究竟发生了什么。

他说跟他一起打工的有个女的，昨天要辞职，走之前问他借了几百块钱。那天是发薪日，他们刚刚领到工资，但那女的有半个月工资给扣了。他问她你都辞职了还问我借钱，当我是傻子吗。没想到那女的说可以陪他睡一次，于是他带着那女的开了个钟点房，那是下午的事情。事后他给了那女的三百块钱，没想到她嫌少，让刘磊晚上请他吃饭。于是他俩在一起喝酒，刘磊一个劲儿地灌她酒，想晚上再来一次，结果他自己也喝得够呛，后来他们开了房，第二天早上，那女的还请他吃了早点，他当时倒没想那么多，吃过饭就回寝室接着睡觉。那女人自己打车走了。

"那天刚结了工资，鸡巴。"刘磊哭丧着脸说，"我现在真的想不起来,那天早上我身上那些钱还在不在,当时我到底给了她多少,我是给她五百还是三百,最后回来后剩下的钱又给放哪儿了。妈的,肯定是那女的趁我不注意拿走了,这个贱货!今天上午开始,手机就打不通了,这个婊子,我就知道,肯定会出事……"

"不着急,慢慢想。"

我不动声色地听完刘磊的故事,安慰他。但老实说,我差不多快笑出声了。我觉得这家伙真是太好笑了。刘磊突然盯着我看,他正在我的脸上搜寻着,他那眼神看得我直发毛。

"别看了。我的脸上没有钱。"

"不会是你吧?"

我愣了愣,说放你×的屁!

"你别误会,我想也不会是你,你都有钱在外面租房子,会差我这点儿钱吗?你也不知道我放钱的地方。"刘磊看着我,我惊讶地发现他居然笑了,那种笑让我想起几个月前,我和老金一起吃饭的那个晚上,老金就是这么冲我笑的。刘磊慢慢地说:

"你的胆子不会有这么大。"

我极力克制我的表情,心里恨不得立刻抽他一巴掌。我说那你自己好好想想吧,我从床上下来,告诉他我女朋友还在等我,我就先回去了。我关上门,把他一个人留在那儿,在走廊里走的时候,我的太阳穴由于愤怒还在突突直跳,刘磊,就冲你这句话,你就活该当个傻瓜。

8

红塔山几乎是所有香烟里面最便宜的一种,比这还便宜的有五块的红旗渠,抽那种烟的几乎只有农民工,六块的双喜,味道也还可以,抽十块金渠和帝豪的人更多,再贵的就是云烟和苏烟了。在这所有的烟里面,只有红塔山最对我的胃口。我记得自己第一次抽烟,就是这种软包的红塔山。那上面画着一座小巧的、红色的塔,看上去很清新,很有味道。我觉得这烟抽起来挺不错。

我在小区下面的花园里坐着,点着了最后一支红塔山。

虽然天有些凉了,但我浑身上下出了一层油汗,被风一吹,从额头到手指像是给吹透了,开始逐渐发热。我把香烟那辛辣、呛人、令人头晕的烟雾深深地吸入肺部,让它们长久地停留在那里,让那些令人兴奋的毒素进入身体内部无数根毛细血管,进入血液,进入心脏,进入我那混沌若浆的大脑。之后,再慢慢地呼出去。于是浑身上下受到了一种抚慰,有点像凶猛射精之后短暂的疲倦。那时候你脑子里一切空无,身体也一切空无,只有疲倦和安宁。

在花园稀疏的树影背后,浮现出小区居民楼的影子。许多扇窗户都亮着,空气中还残留着晚饭的香味。大概是十点多钟了,我想起我的家人,他们现在应该在看电视,我妈想看抗日剧,我爸则想看晚间新闻。他们两个将会为这事儿小小地争吵一番,有时候我妈赢,有时候我爸赢。他们应该洗过了脚,再看一会儿就准备上床睡觉了。

我看着四楼的窗户,那里也亮着光。和别的窗户不一样,因为挂了粉红色窗帘的缘故,那光也呈现出淡淡的红色。我想起火车站旁边的洗头房,里面亮着的灯也经常是这样的颜色。我对红色多少有点厌倦了。

但我口袋里有一沓红色的钱,这点非常重要,或许最重要。

花园的另一端,几个小孩还在那里玩耍。他们在那里跑来跑去,像是在追逐什么东西。时间已经这么晚了,他们居然还没回家,真是不可思议。我记得小时候有一次放学后,我跟小伙伴去学校对面工厂里的假山上玩儿,回家后大概是九点多的样子,我妈简直给气疯了,伸手就给了我一巴掌,把我扇得晕头转向的。那时我大概是九岁。

在黑暗中,几个小孩子扯着嗓子叫喊,远远地,我听见了他们的声音。"别让它给跑了!抓住它,抓住它,抓住它!别让它给跑了!"

他们四散跑了起来。你们几个,把火给点起来!其中一个孩子这么大叫着。从声音听起来,他比别人应该大了几岁,是这群孩子的头头。隔着水泥空地,我看到那里点着了一堆火。火堆照亮了他们的面孔,一群八九岁的孩子。我想起来今天是周六的晚上,他们的脖子上还歪歪斜斜地系着红领巾。

火堆是用垃圾和树枝点起来的,气味非常难闻。我终于看清楚了那个看起来年龄最大的孩子的面孔,他的脑袋光溜溜的,显得又瘦又高,脸上脏兮兮的,但眼睛闪闪发亮,那是一双充满了活力的眼睛。他的胸前挂着一大串钥匙,钥匙随着他的叫喊在胸前晃荡:

"抓到没?你们两个?快点把它弄过来!"

两个小孩子立刻跑了过去,他们的四只手共同抱紧了一个什么东西,像是生怕给它跑掉。两个小孩谁也不肯松手,像螃蟹那样横着跑了过去。等他们跑到火堆旁边,我才看了个明白,他们抱着的是一只猫。

一只很小的黑猫。光头少年一把揪起来,举过头顶,把它摔在地上。我能听见那身体落在水泥地上的声音。看你还敢不敢跑!他冲猫喊道。猫爬起来又想跑,但脚步有些歪斜,又被两个小孩子给抓住了。

"居然还敢跑,是得让你尝尝火的味道了!"

光头少年这么大叫起来。你们都给我看好了,看我是怎么惩罚这只畜生的!所有的小孩都围成了一个圈,他们围着那堆火,火光照亮了他们年轻又兴奋的面孔。光头少年站在最中间,把那只猫高高地举了起来。

然后他把猫扔了进去。

猫发出了一声惨叫,听到这叫声,小孩子哈哈大笑起来,哈哈哈哈哈,这下你可尝到我的厉害了!那光头少年笑得最响亮。哈哈哈,哈哈哈哈,现在你知道我的厉害了吧!他们笑了起来,拍着手。但接着他们又喊了起来:

"别跑,笨蛋,它跑了!"

一阵小小的骚动，我看到那只猫冲出了火堆，冲出了人群，它身上甚至还带着火苗，在黑夜里跑了起来。快抓住它！抓住！那少年大喊起来。

但猫到了我的手里。

我一伸手就托起了它。它已经没有力气了，我拍灭了它身上微弱的火苗。它在我的手心里微弱地蠕动着，小脑瓜上的毛被烧掉了大半，毛发燃烧的焦煳味道扑面而来。

小孩子把我围了起来。我坐在那里，手里抚摸着那只小猫。几个小孩看着我，迟疑着没有讲话。过了一会儿，光头少年走了过来。他看着我手里的猫，又看了看我。我没有搭理他。他迟疑着，最后开了口。

"叔叔。"

我看了他一眼。他的眼神里没有一点畏惧，他接着说：

"叔叔，这只猫是你的吗？你是从哪儿弄来的？"

我没有回答。

"我正在找一只猫，跟你这只看上去很像。"他顿了顿，"这只猫是你的吗？"

"不是，我刚好经过，玩儿玩儿。"

原来是这样，光头少年严肃地点点头，他接着对我说：

"叔叔，从法律的层面上来讲，所有的东西都有它的主人。这只猫是上星期我阿姨送给我家的，我爸爸又送给了我，因此从法律的角度上讲，这只猫属于我，不是你的,请你把它还给我。"

我看着自己面前这个满脸乌黑、眼睛发亮的少年。从法律的角度上?我反复玩味着这句话。那少年看上去一脸严肃、认真,他正在捍卫自己手中的权利。他看起来顶多只有八九岁,十几年后,他会从法律的角度干点什么事呢?

"我买了,多少钱,你说吧。"

他显然没料想我会这么回答。其实连我自己都没想到,但那话就脱口而出了。小孩子们都在看着他,他脸上有些挂不住,这让他恼羞成怒。他对我说:

"从法律的角度上来说,我是猫的主人。"

"多少钱,你爱要不要。"我站了起来。

"一百!"他不再谈什么法律了,赶紧说。接着他立刻改口。

"三百!不,五百!"

我从口袋里掏出那沓钱。在我手里捏了那么长时间,变得有些油腻。我用嘴咬出来一张,钱在我嘴里有一股腥味儿。我把那一张钱给那小孩。他尖叫起来:

"你这怎么才五十!说了是三百的!你不讲法律!"

我站起来就走。

"算了快把钱给我。"他一把揪着我的衣服。我有点生气了,瞪了他一眼。他竟然还是不撒手,死死地拽着。"滚!"我骂了他一句,这次他把手松开了。

"你总算学聪明了。"我对他说。我抱着那猫,此刻它甚至连动都不会动了,但眼睛还睁着,看起来还有一丝生气。现在,这只猫是我的了,从法律的层面上讲。

我把钱给了他,他恶狠狠地瞪了我一眼。

我往楼上走去。门洞黑洞洞的,我一跺脚,灯亮了,但光竟然是红色的。我抬头看了看,不知谁把楼道里的灯泡换成了红灯泡。醒目的红光,把楼梯照成了血肉模糊的模样,像从魔鬼口中吐出的舌头。

我意识到自己在一座红塔山的内部。

我正在慢慢往上爬。

(刊于《大观》2015年第12期)

去亚细亚吧,去买一条新裤子

1

早上起床的时候,已经九点半了。我找了条皱巴巴的裤子穿上,好赶去上体育课。这是我唯一的一条运动裤,只有踢球的时候才会穿。老崔说它破了,我真有点不信。我对着窗前的光线仔细地检查了一下它,看到一条裂纹从裤裆延伸到屁股,几乎能塞下一个拳头。在此之前,它一直放在衣柜里,我真搞不懂它什么时候变成了这样。

裤子没法换了,我只好找到了一件短袖,先穿上再说。短袖是新的,刚买了半个月。那天我把它穿回寝室,心里有点得意,可室友却什么也没说。他们把脸对准了手里的扑克,好像什么都没发生。几只苍蝇撞击着电灯棒,发出了轻微的碰撞声。只有老崔闷声闷气地说了那么一句:"你这衣服,不好洗。"

"你说什么?"我咽了口唾沫。他站了起来,伸手捏住了我的衣领,食指和拇指来回在上面揉搓着。他肥胖的手指黑乎乎的，在衣领上留下了一个手印。"你这衣服，一洗就不能穿了。"老崔的眼睛看着我，一副早就知道了的样子。他的眼睛又黑又深。

我什么都没说。我不知道这家伙是不是存心的。买衣服那天，我刚拿到兼职的工资，六百块钱。还给厨房的师傅四百块后，还剩下两百块。晚上，我们一起逛了学校旁边的服装店，他给我挑了这件衣服。我对这件短袖还挺满意的，搞不懂老崔为什么总找我碴。

事情就是这样。有一天，老崔突然问我："你怎么整天就穿这一身衣服？"

我不是第一次被别人这么问了。我愣了一愣，低着头看了看自己。我看到红色的短袖贴在身上，已经湿透了。它原有的颜色已经褪去，不像以前那么鲜艳了。没错，我大二了，仍然穿着高三时买的衣服。我还记得买这件衣服时的情景。

那天，我的母亲刘彩霞说："走，咱们买衣服去。"我问买什么衣服？我不缺衣服。那年夏天，炎热让人不停地出汗，而我总穿一件白色短袖，翻领的那种。白色的领子上有一道蓝色的细线，用来装饰。那是我的校服，背后还印着五个蓝色的字，河上街高中。我觉得挺好，整天穿着它。"天热了，咱们去买件衣服。"我妈一边收拾挎包一边说，"挑件红色的，你就要高考了。"

我的衣服总是刘彩霞买。没有人像她那样了解我身体的尺寸，她准确地记得我脚掌的长度、我的腰围和身高。除了裤子以外，她带回来的衣服都还合身。有时候，衣服穿在身上难看了一点,她会说,去换换吧,换个颜色。我说不用,穿着就上学了。我不在意衣服的颜色,我觉得挺好。

从人民公园再往北走,就到亚细亚了。亚细亚离我们家不远,我们是走路去的。路上,我们没有说太多话。她问最近我有没有好好补习数学,我说一直在学,她就没再讲话了。我们一起走过了建设路,走过了文化路,最后走过了以前的棉织厂。曾经的棉织厂现在是一座非常漂亮的小区了。

拐过尽头的弯,道路更加开阔了。道路左边,巨大的广告牌高高地悬挂着。玻璃橱窗里,银灰色的模特们或站或坐,表情看上去非常冷漠。刘彩霞仿佛没有注意到广告牌和橱窗,没有看到模特身上好看的衣服,而是夹着包匆匆走过。我们没有说话,我知道只要走过这条八百米长的街道,就可以到亚细亚了。亚细亚是一个令人放心的好地方。那里的东西永远是那么便宜又实惠。

我还隐约记得第一次来亚细亚时的情景,那已经是很多年前的事情了。那时候我还可以被我的父亲王贺山抱在怀里。他的脸上洋溢着饱满的红色,冲着电梯指指点点。"看见没,有五层。"他激动不已地对我说。整个下午,在热闹的人流中,我们坐着电梯上上下下,反复地进行着这种愉快的游戏。电梯的运转让我发出了惊喜的尖叫声。有至少八百人和我们一起,体会着电梯带来的持久快乐。

而我的母亲刘彩霞就更加风光了。她穿着蓝色的制服，头上戴一顶白色的礼帽。帽子上用红底写着亚细亚三个黄色的字。她右边的肩膀上还披着一条红色的带子，上面同样用黄色的字写着"亚细亚欢迎您"。刘彩霞面带微笑，微微地露出一排牙齿。微笑让她看起来训练有素。她很自在地站在柜台前，招呼着不断涌来的人流。她轻松又愉快的模样让我觉得好像亚细亚是我们家自己开的一样。

亚细亚已经到了。我们来到了一楼，大厅里堆积着很多衣服。衣服散发着一种浓郁的旧味儿。灯光有一些昏暗。很多金黄色的纸牌竖立在衣服当中，写着"大减价"。我看到有很多人埋头在衣服中间执着地翻拣着。他们皱着眉头，脸上的表情看上去有些急切。他们不停地把衣服抖出来看看，又皱着眉头扔回去。有时候，他们会对着一件衣服看上好半天，用脖子夹住衣领在自己身上比画一下。

我看到他们为此犹豫了很久。

我也挑了一件衣服，看着倒挺合适。它是红色的，我觉得还挺好看的。"多少钱？"我妈问。"六十九。"服务员回答。我朝服务员看过去，她看上去根本不像是一个服务员。她的头上没有白色的礼帽，身上也没有红色的带子。她只是穿了一件粉红色的短袖而已。我看到在短袖的下面凸显出了内衣的形状。我没有再看她了。

"一件短袖这么贵吗？"刘彩霞低头说。灯光照在她的头发和肩膀上，把它们都压弯了。"都是这个价钱。"服务员继续说，"已经是减价了。"刘彩霞捏起衣服的领子，把眼睛凑过去仔细地看了一遍，接着又把我推到镜子前面。"穿上去试试吧。"她说。我看到镜子里的自己，看到自己身上的河上街高中校服歪歪斜斜，领口的扣子敞开着。

我把它脱下来，穿上了新衣服。它穿在我身上看起来还不错。我还没有穿过红色的衣服。刘彩霞看了我一会儿，我看了看她，可刘彩霞并没有再看我了。

她把头低了低。"多少钱？"她再次问。"六十九。"店员又回答了一遍。刘彩霞掏出了钱包。那是一个绿色的人造革钱包，鼓囊囊地装着优惠券和会员卡。把这些卡片用手指撇到一边，终于露出了里面薄薄的几张钱。她先是拿出了一张五十的，接着又拿出了一张十块的。她把那张五块的拿出来后问我，有没有四块零钱。我说有，从口袋里摸出了四个硬币。硬币在我的手心，是温热的。

离高考还有两个月，我就把那件衣服穿上了。没过多久，衣服后面再次出现了白色的汗渍，一圈一圈的。有天放学，我再次经过了亚细亚。坐在公交车上，我远远地看到了三个金色的大字下面拥挤着许多人。我早就听说，那里开了一家新的快餐店，卖炸鸡和汉堡。看来是真的了。"亚细亚到了。"售票员说。

公交车缓缓地停靠在路边。在窗外，我看到了一个黄色的大大的 M，像一道金色的拱门。在拱门下，拥挤的人流不断变换着形状，伴随着音响里的音乐吵闹不止。这个场面让我恍惚间想起许多年前亚细亚开业的盛况。

我看见有一个红头发、红鼻头的小丑坐在炸鸡店门口，伸出了长长的胳膊。许多小孩把它围了起来。他们的手里拿的冰激凌是我从来没有见到过的。我专注地看着窗外的景象，回过神来，发现公交车上的其他人也都和我一样张望着。我们专注地看着同一个方向。司机和售票员也都在看。

我们看到一个人从快餐店里走了出来。她穿着红黄相间的制服，头上戴着一顶红色的带有翅膀的帽子，手里握着一沓红红黄黄的彩券。天气这么热，她还戴着一双白手套。她径直走到了公交车的窗口，对售票员说：

"这是我们的优惠券，麻烦您分发一下。"

她竟然说了普通话。我头一次遇到有人在大街上说普通话。在我的意识里，普通话是在课堂上说的，是电视里的人说的。现在，这家快餐店的服务员，竟然在大街上说起了普通话。她清脆干净的声音像一件异物掉落在公交车的空气里。我的母亲当初是讲普通话吗？我努力回忆着。

车里非常安静，发动机空转着。

一只只胳膊无声地伸了出来，接过了优惠券。我看到旁边的一个年轻人的屁股离开了座位，急切地伸出胳膊。他从一开始就保持着这个姿势，一直伸着胳膊，直到最终如愿以偿。他接过优惠券后立刻把它对着窗户，借着路灯的光去看上面的内容。我也拿到了，看到那上面印着可乐、汉堡和鸡翅的照片。它们在照片里看起来就和在电视里一样。优惠券上还用红色的数字写着价格。

我反复地把价格看了好几遍。那些数字像味道很苦的什么东西，被我反复品味咀嚼，像嚼着一块怪味的口香糖似的。看过之后，我悄悄地把它放在了地板上。我知道自己和这件事已经没有关系了，所以转移了视线。我抬起头，看到了亚细亚大厦像往常一样矗立在城市的暮色里。

亚细亚，三个烫金的大字，看上去仍然是那么壮观。我想起来两个月前，刘彩霞带我在这里买衣服时的情景。那时候没有人知道这里会开一家炸鸡店。那天，亚细亚正在卖掉最后一批积攒的衣服。我们买完衣服已经是黄昏了，刘彩霞带着我匆匆地离开了那里。我穿着新衣服，感觉到夏天的凉风清爽怡人。我没有看到母亲的表情，只是觉得她没有说话，就像我们来的时候也没有讲话一样。

2

我曾经有过很多新衣服。

那些衣服很时髦、新鲜，款式不俗。我甚至有过一套西装，配一条红色的领带。小学毕业合影留念时，成套的西装让我成为全班的焦点。我还记得班主任伸出手指捏了捏西装的袖子，他把手缩回去的时候拇指和食指仍然捏在一起，仿佛在回味残留在指尖上的触觉。

"料子真好，是你妈买的吧。"我听到她这么说。

我有过很多条牛仔裤，从初中时，我就穿上了牛仔裤。我喜欢它粗糙的质感，让人觉得非常酷，就再也没脱下过。好像是突然有一天，刘彩霞对我说，上街买条裤子吧，我说用不着，我还有挺多裤子呢，我有那么多牛仔裤。可她却说，你没裤子穿了。我不知道她干吗这么说。我不知道她为什么不像往常一样，从亚细亚给我带回来一条新裤子。

王贺山从来不管我穿衣服的事，他只知道买影碟看。他买过各种各样的影碟，枪战片、恐怖片，还有数不清的僵尸片。上中学之后，刘彩霞为此和他吵了几次架。刘彩霞从那时开始给我买各种各样的辅导书，英语辅导、政治辅导、数学辅导。这些书塞满了我的书架，让我过上了一种被书辅导的生活，而以往刘彩霞是从来不买这些东西的。

那一年，我终于知道刘彩霞不再是亚细亚的服务员了，她的新工作是在塑料袋厂打塑料。王贺山也不再买影碟了。他买了一辆红色的摩托车，有时候会去火车站拉客。我还记得那辆红色的摩托车发出了令人兴奋的"突突突"的声音。王贺山得意扬扬地指了又指，告诉我哪个是火花塞，哪个是发动机，哪个是减震器。

有天我回到家，裤子全湿了。虽然我打了伞，可裤子和鞋都湿透了。我打开了笨重的衣橱，闻到一股布料和樟脑的味道。我埋头在里面翻了一通，可什么都没找到。衣服都是刘彩霞整理的，我不知道她收了起来还是怎么回事。我找了很久，只找到了几件衬衣、几只袜子和白色的背心。除此之外，整个衣柜空空如也，看起来就像一个人饥肠辘辘的肚子。

一条裤子都没有。我于是喊道:"爸,给我找条裤子,我没裤子穿。"我身上的裤子已经湿透了。

"你说什么?"王贺山从沙发上站起来,踩着拖鞋,一下一下地踩过来,像划着两条船。他打开衣橱,把脖子伸进去。他伸出手臂,把挂着的两件衬衣像窗帘一样掀开,脑袋从其中探下去。"你的衣服呢?"他边找边说,双手在柜子里翻来翻去。他找到了几个衣架,但没有什么新发现。接着,他打算在抽屉里碰碰运气。抽屉被拉开时发出了沉重的响声,向他展示了几件毛裤。王贺山几乎把整个身子都探进了衣柜。

"你的衣服呢?"王贺山缩回头,眼睛里带有一种不可思议的天真。"真的一条裤子都找不到了?"他看着我这么问。他试图去打开衣柜最下面的一个抽屉。木制抽屉发出了吃力的摩擦声。王贺山龇牙咧嘴,终于把它打开了。里面放着的是一件制服。它是蓝色的,叠得整整齐齐。印有"亚细亚欢迎您"的红色带子也叠得整整齐齐,放在衣服的上面。王贺山咕哝了一声,用力把抽屉往回推。他龇牙咧嘴,终于把抽屉合上了。

"要不,给你妈打个电话?"他说着往电话机旁边走。

"算了吧。"我说。王贺山已经走回了客厅,一边走一边用手挠着脑后的一缕头发。"你怎么会没有裤子,你没裤子怎么不告诉我?"他边走边说,像是在自言自语。他坐在了沙发上,沙发舒缓地发出一声长叹。他的脚也放在了沙发上,接着整个身体都躺到上面去了。他看起了电视。他的手把遥控器拿起来,换了一个频道又松开了。

我听到电视里响起了一个女人撒娇的声音,随后是男人不耐烦的叫骂。我听着这声音,不知道自己该干点什么。过了一会儿,我听到客厅里沙发的摩擦声,王贺山像是有了个新主意。他重新站起来,为自己的新想法兴奋得满脸通红。我看着他踩着拖鞋,兴冲冲地去了房间。我搞不懂他要干什么。

他站在床上,把它搬了下来。

那是一台红双喜牌电暖炉。冬天,我们家靠那玩意儿取暖。他把塑料薄膜摘下来,薄膜上的灰尘扬了起来,落在了桌子上,看上去像是长出了一层绒毛。他把电暖炉插上电源,机器咯吱咯吱地响了起来。他不停地搓着手,对我喊道:

"快,快,把你的裤子放上去!"

虽然是夏天,但那天下着雨,有点冷,风像一个接一个的陌生人穿过客厅,看了我们一会儿后又一个接一个地离开了。烤炉发出嗡嗡的声音,裤子吱吱叫着冒白气。我坐在旁边的一只木板凳上,觉得身体靠近炉子那一半很热,而另一半挺冷。就连我的手也是一只热一只凉。王贺山躺在那儿看电视,看上去为自己的绝妙主意感到非常满意。

裤子半干不干的,下午的时候,我就穿着它去了学校。晚上回到家,王贺山似乎已经等待了许久。"去房间看看。"他这么对我说。我注意到他的眼睛还是亮晶晶的。刘彩霞那时候还没下班。她总是这样,因为加班时的工资比平时高一些。雨已经停了,电风扇还在头顶旋转。王贺山看着我,脸上充满了某种期待。

我走进自己的卧室,看到了那个老式的木质大衣柜,看到了墙上贴的世界地图,看到了摆满三年高考五年模拟的书桌。书桌上有一个黑色的袋子,看上去脏兮兮的,有一些泥点。我看到袋子上面印着三个红色的字,阿迪王。我打开袋子,把里面的东西拿出来。

那是一条黑色的运动裤。

它摸上去很舒服、很薄,哪怕是炎热的夏天,也可以穿上它。我找到了吊牌,价格的位置被用条码贴上了一个新的。上面印着四十九。我想起来这个袋子很熟悉,我应该在哪里见到过。我终于想了起来。

我们家门外有一条通往河堤的马路。有时候,我们晚上会去那里散步。那儿有许多甩卖衣服的摊位,有些老板和我的母亲刘彩霞认识,也有一些老板原来是棉织厂的工人。我记得他们的腰上都缠着黑色的或者褐色的腰包,用扩音喇叭反复播放自己录下的声音:

"好消息,好消息,耐克阿迪大减价……"

无论如何,这是一条新裤子。我坐在床上,脱掉身上那件已经发臭的裤子,把脚放进了新裤子的裤筒里。它真的很轻,我轻而易举地穿上了它,尺码正合适。我记得那是高二,一个多雨的夏季。事实证明这是一条很好的运动裤,一直被我穿到了现在。

3

离十点只差十分钟,体育课十点五分开始。操场离寝室很近,想到这儿我觉得有些好受了。我有意避开上学的人流,这或许有点可笑。我走在路上,像走在滚烫的水里。对我来说,每次步行都是一场前所未有的折磨。

路上没多少人,但我还是选择走对面的花园。花园又脏又旧,低矮的植物上缠满了被人丢弃的塑料袋。一些老人在铺着鹅卵石的小路上走来走去。我看到他们一个个都光着脚,光滑坚硬的鹅卵石似乎让他们觉得挺舒服。

我在长椅上坐下来,若无其事地看了看四周。没有人注意到我。我低下头,把多出来的裤脚往里掖了一掖。从寝室出来之前我已经掖过了一回,但现在它们又掉了出来。我不得不这么做,因为裤脚足足长了十公分。我的母亲刘彩霞精准地掌握着我的身高和尺码,但每一条由她买回来的裤子都会如此。

我把裤脚往里面折了三次,这样它就不大容易掉出来。但折过之后,裤脚变得沉甸甸的,让人不敢用力气走动。曾经有几次,裤脚不知不觉间甩了出来,被我踩在了脚底下,多余的裤脚甚至从脚后跟包住了半只脚,让我在马路边摔了一跤。渐渐地,我养成了小心翼翼走路的习惯,那种感觉像走在沼泽地上,生怕陷到泥坑里去。

十点钟的太阳灿烂无比,我感到汗水全出来了。我走了一步,又走了一步,接着又是一步。我头晕目眩,大汗淋漓,像刚从水里拎出来。我觉得裤子在一直往下掉,像有两只手把它们用力地往下扒。我吸了口气,看到风从高大的杨树中间穿过,把满树的叶子翻转了过来,那些快速抖动的叶子看起来白花花的。

我看了看时间,十点零一分。我咽了口吐沫,把双手放在皮带的位置。这个姿势多少有些不太雅观,但我不得不这么做。我解开皮带之后,重新把它扣上,往里多扣了一个扣。扣好皮带之后,我尝试着继续往前走,不敢走快也不敢走慢。我把双手插在裤袋里,从口袋里提着两只裤筒,好不让它们掉下去。

我当然知道这是怎么回事。刘彩霞准确地掌握着我的腰围和身高,但她却买不到一条合适的裤子。从上初中开始,她总要把我的衣服买大许多。每当我问她时,她的脸总会微微泛红,同时又颇有点儿自豪,又像是在安慰自己似的说:

"大点儿好,你还能再长个儿。"

我所有的裤子都长十公分,而裤腰总是收不紧。我总觉得裤子里还能再装下另外一个我。刘彩霞对此熟视无睹,她认为这条裤子还能再穿两年。在我十九岁上了大学之后,她固执地认为我还能长高。可是我的身高很久都没发生什么变化了。后来我不再跟她解释了,解释没什么用。

女友等我半天了。她站在一个包子店门口,正把钱递给小贩。她穿着淡绿色的紧身裤,看上去非常利落。

她转过身,朝我一笑。"快迟到了。"她说着话,把装着包子的塑料袋塞进了我的手里。塑料袋湿漉漉的,有一些滑。接着,她又递给我一杯豆浆。

"你还没吃饭吧?"她问我。

但这时我发现自己没办法走路了。我右手拽着塑料袋,左手握着塑料杯,而塑料杯里的豆浆好像越来越烫了。我用右手托了一下杯子的底部,好不让它掉在地上。我要十分小心才能完成这个动作。我举着袋子和杯子,把两个烫手的东西高高地举了起来。我非常努力地举着它们,装作什么都没有发生。"你觉得我的裤子怎么样?"我问。她低头看了一眼回答:"不算太坏。至少比上次那件好看。"

豆浆越来越烫了。

我把左手想象成是别人的手,这样它就不会那么疼了。"你真的觉得还行吗?"我又问了一遍。我注意到上节课已经下课了,越来越多的人从教室走出来。他们朝我们迎面而来。我突然觉得狼狈极了。我怀疑至少有一半的人正在盯着我看。至少又有一半的人在冲我指指点点。我感觉到自己甚至能听到他们讲话。

看啊,看那个人,他们说,看看他腿上的裤子。

"怎么了?"女友把手放在了我的胳膊上,突然说,"你干吗那么怕见人呢?"她脸上的表情困惑而不安,看上去非常关心。我知道她很在意。她是个很在意细节的人,哪怕买一支发卡都会精挑细选。她的衣服多得衣柜都装不下了。事实上,除了一同参加的读书会,我们几乎没有任何相同之处。我还记得上次那件事。

那天读书会成员聚餐,她在寝室楼下等我。看到我的衣服之后,她皱起了眉头。"快上楼,换件衣服。"她盯着我说,"你穿成这样怎么出去?"我不得不告诉她,我没有衣服可换了。没错,那时候是黄昏,我的裤管里吹着冷风,远处的橱窗里照耀着霓虹,而我穿着我仅有的衣服。她穿着一身连衣裙,可以说是盛装出门。

"走吧,咱们去买衣服。"

"聚会呢?"我问。

"不去了。"她叫了一辆出租车,拉开门坐在了前排。我条件反射似的摸了摸裤袋里的钱包,钻进后座的时候脑袋撞了一下车顶。"去哪里?"司机一边问,一边从反光镜里看了看我。我转移了视线,听见她说:"去亚细亚吧,去买一条新裤子。"我没有说话,感觉到车子启动了。"去聚会吧。"我说。

我几乎听不到自己的声音,也看不到她的表情。她没有讲话,我也不再讲话了。车里凝固的空气混合着汽油味儿。我把车窗摇下,风从马路上灌进来。

十分钟后,我们终于到了。亚细亚只是一个地名而已,车门外矗立着的是一座很漂亮的大厦。女友挎着包,一路穿过化妆品、黄金和钻石柜台,上了二楼。我在后面跟着,没有一句话。她径直走到看见的第一家服装店前,对我说:"就这家吧。"我跟着进去了。

"你穿几码的裤子?"她随手从衣架上挑选着,问我。

"不知道。"

"不知道？"她惊异地转过脸。灯光下，我看到了一张混合着些许怒气和吃惊的脸。我不知道该怎么回答她。"算了，我大概能看出来。"她低头把我打量了一番，随后略一迟疑，拎出几条裤子塞到了我的手里。

"试试吧，挨个试。"

我没有看她的眼睛，也没有看裤子上的吊牌。有些迷茫地观望了一圈之后，我终于找到了试衣间的位置。我走了进去，关上了门。试衣间很局促，墙上镶着一大块镜子，我把裤子挂在衣钩上，开始脱掉自己的裤子。我并没有骗她。我隐约记得，刘彩霞说过一次，我穿三十二码的裤子，但是不敢肯定。

脱裤子的时候，我发现头顶有一束射灯打下来。那是一盏极细极亮的灯光，照亮了试衣间里的一切。灯光下，我看到自己的裤子竟然是这么的破旧。它布满了难以抚平的皱纹，最表面的一层布料已经变得毛茸茸的，像一张老狗的皮。两块大腿的位置褪掉了颜色，已经快磨透。甚至连织成布料的白线都一清二楚地绽开了，像老人的胡须一根一根地绽开了。我不敢相信它竟然已经这么旧了。它看上去就像是一件垃圾。

我还以为它能再穿两年。

在它旁边，新裤子散发出商品特有的新味儿，看上去棱角分明。我把它放在拖鞋上，这样就不会弄脏它了。我小心地伸进去一只脚，然后把裤筒往上提。裤腿很紧，慢慢地包住了我的小腿。我把另一只脚也伸进了裤筒，用两只手拽着裤腰往上提。

从头到脚,我感觉自己出了一身汗,汗像胶水似的粘住了裤子。我用力地把裤子往上提,提过了膝盖,提到了大腿,最终停留在了大腿那里。我再也提不上去了。我已经没有力气了。

我抬起头,看到了镜子,看到里面有一个精疲力竭的人。他双手抓着裤子,瘫倒在塑料椅上。他的姿势看起来狼狈而滑稽。

灯光照亮了他的脸,他的脸湿漉漉的,看上去非常白,像嫩豆腐一样白。他的眼神烟灰一般空洞无神,额头上布满了细小的汗珠,密密麻麻的。我还看到了他嘴上那些稀疏的、似乎从来没有打理过的胡子。

它们像野草一样稀稀落落地扎了出来。

4

"你穿了牛仔裤。"

胖子老远就瞧见我了,他的声音被风吹过来,带着一股被太阳晒伤的塑料味儿。他穿着整套的黑色运动装,脚上踩着一双橘色的双星牌足球鞋。他迈着两只脚朝我走过来,得意扬扬地向我宣布:

"教练不让穿牛仔裤,你要完蛋了。"

我懒得搭理他。我们面对教练,在操场上站成一排。在我头脑里打开了一架不存在的摄像机,镜头依次闪过了我们的身影:运动裤——运动裤——运动裤——

牛仔裤——运动裤……。我不再是我，我已经变成了裤子。

我想起初中的时候，所有人都穿着牛仔裤踢球。我们总是一下课就在没长草的操场上飞奔，从这头跑到那头。操场是用煤渣铺成的，跑起来尘土飞扬，连一根草都没有。那时候，我不记得谁穿了运动裤。穿牛仔裤踢球怎么了？我在脑子里想。

教练没说什么。他皱着眉头看了我一眼，没有说什么。我觉得他知道踢球和裤子根本没有关系。实际上，我的技术在十几个人里是最好的。我们像往常一样开始比赛。一开始踢球我就管不了那么多了。

我感觉风在我的耳边吹得很快。

胖子带着球，冲我过来了。我知道该怎么做，我紧盯住球，伸脚把它挡住了。我稳稳地护住球，整个身体贴住地面，这样可以让我的重心很稳。胖子倒在草地上。他倒地的时候大吼了那么一声，然后像一袋粮食似的拍倒在地发出了沉闷的声音。

我又过了一个人，但后卫堵在了我的面前。我用左脚把球一拨，接着一扣，刹那，整个球门完全暴露在我的眼前了。球门一览无余，唯有守门员站在空旷的球门中央。现在，抬脚射门对我而言轻而易举。我扬起腿，照准球侧后方的位置，狠狠地抽过去。

——嘭！

皮球飞入死角，打在球网上掉落在地。守门员兀自半张着嘴一动不动。但我没有听到欢呼声。我转过身，看到所有人都一动不动地站在原地，像一根一根的角旗杆。他们的影子在草坪上拉成了一条一条的。他们睁着各自的眼睛，呆愣愣地朝我看过来。我想他们都被那声巨响给吓到了。"怎么啦？"我问胖子。

"你的裤子炸啦。"胖子有些目瞪口呆地说。

我扭着身体往下看，看到了自己光滑的大腿，再往上是蓝色的内裤。它们暴露在阳光下，而裤子几乎全飞掉了。从右侧屁股开始，一直到大腿，整个裤子炸开了，那样子像是被狗咬了。我怔怔地低头看着，不敢相信这竟然是真的。

"肯定是刚才用力太大了。"胖子说。

我站着没有动，我不知道自己该干点什么。我朝球门摇摇晃晃地走了过去，把屁股对准了操场边缘的围墙。在那个方向上没有人。犹豫了片刻，我坐在了地上，把屁股尽可能地全遮起来。"把你寝室钥匙给我，我给你拿裤子去。"胖子擦了把汗，冲我伸出了胳膊。我把钥匙给他，张了张嘴想说点什么，但他已经离开了操场，上了一辆自行车消失了。

我把两腿伸平，紧紧地贴在草坪上。

塑料草尖扎在腿上，像是在咬我。我手撑着身子，看他们踢球。比赛继续，他们踢着球，好像没有人注意我。我用两只手杵着地，向场外移了移，终于把自己从球门那块地方移开了。但我不知道接下来要干点什么。隐隐约约，一种不祥的预感升腾了起来。我已经蒙掉了。我搞不懂为什么事情会变成这样。

我又想起了那天买裤子的事，我已经停不下来了。

那天，我从商场出来，和女友一起走在夜色里，我穿着她给我买的新裤子。我记得收银的阿姨打量了我好几眼，最终还是忍不住说了一句，小伙子好福气。

新裤子在我身上非常舒服。

它既不会很长，也不会很紧。走起路来不会让我觉得小腿被包住了。腰围也合适，不多不少地刚好放下我的屁股。像周围所有人一样，我正常地穿上了一条正常的裤子，正常地走在了街道上。夜晚的闹市人流汹涌，他们每个人都穿着让自己感到舒服的裤子。那么多的裤子从我面前走过。我的脑子里全是裤子。我仿佛有十年没有穿过这么舒服的裤子了。

但我应该不舒服。

我们在快餐店吃了汉堡，我付了账。当我咬下手里的汉堡的时候，想到这是自己第三次吃汉堡了。吃完汉堡，我们还看了一部电影，《少年派的奇幻漂流》。两次都是我付的账，这让我感到有一点信心了。她回寝室之前看我的眼神显得很高兴。"怎么样，把它丢掉吧？"她踢了踢我手里的袋子，那里面装着我换下来的旧裤子。

"还是算了。"我说。

"你还打算穿？"她用一种近乎恐惧的眼神看着我。

"你还打算穿？"她再次问。

我不知道该怎么回答她，自上大学以来，我还从来没有丢过一条裤子。刘彩霞给了我不乱丢东西的良好习惯。她甚至保存着我初中时穿的秋裤。我不知道扔掉一条裤子到底是否正确。我犹豫着。我知道我不能犹豫。夜里的风吹过来，周围一个人都没有。从寝室的楼上传来了什么人欢乐的笑声。

我感到一阵发冷。

回到寝室时，时间已经过了凌晨一点，室友已经睡着了，像死猪一样睡着了。只有老崔在玩游戏。看到我进门，他上上下下把我打量了一番，问："你买了新裤子？"我没有回答他。"你女朋友买的？"他继续问。我没有回答。"那肯定错不了。"他自己回答了自己，然后把头重新转向电脑，开始玩游戏了。

我没有脱衣服就躺在了床上。我觉得灯光有些刺眼，就伸手把它给关了。我听到老崔敲击键盘的声音，还有鼠标飞快点击的声音。我太累了。我翻了个身，感觉到一股眼泪从眼眶里滚动了下来。它们先是滴在了我的胳膊上，然后又掉落在了枕头上。我感到泪水不停地流下来。我希望自己睡着了。

不知道过了多久。老崔关上电脑，打了个长长的哈欠，爬上了床。我感到周围完全是黑暗的了。我感到这会儿大脑清晰极了。我想起了刘彩霞在伤心的时候，也会像现在这样躺在床上流眼泪。一想到这里，我坐了起来，打开了桌上的台灯。

我打开了衣柜，里面的衣服散发出一股酸臭味儿。我把手伸了进去，找到了一条淡蓝色的牛仔裤，那条裤子已经很久没洗了。我又找出了另外一条牛仔裤，把它摊在床上。接着，我把行李箱从床底拖了出来，把里面的衣服倒了出来。

我把所有的裤子全都摊在了床上。我数了数,一共五条。

其中三条——以前我竟然完全没有注意到——已经完全不能穿了。太小,太旧,太破。在灯光下,它们看上去惨不忍睹,像垃圾桶里的破烂。这就是我所有的裤子了。

我找到了剪刀。

从膝盖的位置开始,借着暗淡的光线,我剪掉了它。先是高中时的裤子,它摸上去油腻腻的,仿佛五年没洗。剪刀不是很趁手,硌得我手指发痛。刀刃吃进裤子的感觉像在嚼一块又臭又硬的老母猪肉。剪了很久,只剪出来一寸长的口子。我放下剪刀,两只手从缝隙中插入,抓住它,往两边用力撕。裤子发出一声闷响,像是谁放了一个臭屁,终于被我撕破了。

淡色的牛仔裤是考上大学那年刘彩霞买的,裤脚照例长出十公分。因为少了一个铆钉,左侧的屁股口袋掉下来了一个角。我揪着它,把它像一块死皮一样用力地揪下来。我突然想到,就是穿着这条裤子,我找到了现在的女友。

我想起了女友的笑。我低下头,目光转移到身上的新裤子上。它看上去还是崭新的,有棱有角,非常漂亮。女友的笑容从中浮现出来,和裤子重叠在了一起。她那富有深意的笑容时隐时现。我惊讶地看到,出租车司机和售货员的笑容,竟然从女友微笑的脸下浮现出来了。

女友笑着,很高兴地笑着,所有人都笑了,他们都笑了。许许多多的笑脸重叠在一起。

他们都意味深长地冲我笑着。

我坐在床上,脱下了新裤子。剪刀从裤脚开始,一直往上走。那种感觉让我想起小时候剪断刘彩霞织毛衣用的毛线。新裤子竟然比旧裤子剪起来容易得多,布料剪开时发出的声音非常清脆。一切都清理干净了,我觉得很痛快。

我打开窗户,把这堆没用的布头一股脑全丢了出去。窗户外面是一堵围墙,楼下就是垃圾场。我把它们扔了下去。我留下了王贺山买的运动裤和刘彩霞给我买的最后一条牛仔裤。我知道自己毕竟不能光着屁股去上学。我决定一切重新开始,等到再发生活费,我就去买一条新裤子。哪怕花掉所有的钱,我都不在乎。

这还是上星期的事情。

我坐在草坪上,不知道过了多长时间。队员们在草坪上踢着球,风贴着草皮吹了过来。他们的影子轻飘飘地贴在地面,随着草尖变成了浅浅的波浪。我的屁股贴着塑料草地,感觉到十一点钟的太阳越发滚烫了起来。我觉得脑子有些发晕,肯定是塑料有问题。

我躺在地上,蓝天从指缝间落到了眼里。我想到了大概是十年之前的一个同样炎热的午后。那天,我们都在午睡。刘彩霞、王贺山和我都做起了梦。电风扇在旋转,一架小飞机从天空中飞过。我从铺在地上的凉席上爬起来,走到了阳台。"你干什么?快睡午觉。"刘彩霞翻了个身说。"我看飞机。"我把脑袋从窗户伸出去,看到了正在蓝天里飞翔的小飞机。它是白色的,一条横幅尾巴似的跟在后面,在天空中徐徐展开。横幅是红底黄字,我一个一个地看过去,小声地读出了它们,我看到那上面写着:去亚细亚吧,去买一条新裤子。我记得自己很小声地,读出了它们,我一边读,一边露出了愉快的微笑。

(刊于《大家》2018年第3期)

布达拉宫下的左旋柳

1

现在我打算说出来有关大云的故事。事实上，现在把它写下来有点为时过早，它还没有完全成熟。但这件事在我心里已经变成了不小的障碍，怀里揣着它，就好像揣着一堆含义不明但异常坚硬的巨大石块，不把它们放下往后就别想轻松。

那时我刚大学毕业，还不知道为人处世切忌交浅言深的道理。我总是毫无顾忌地跟别人讲述自己的一切，认为别人也会如此对我。故事是从秋天开始的，在阳光灿烂的拉萨，只要有那么几棵树，湛蓝的天空和大朵的云彩就会把它们组成一幅绝美的画面。我和另外三个新认识的同事租了一套复式房，上下两层楼，外带四个卧室。从我的房间看出去，是一片最为美丽的景象。无数细小的树叶正在变成灿烂的金黄色，可以隐约看到远处布达拉宫白色的影子。

最开始一切都很快乐。大昭寺的白墙下聚集着四处赶来朝圣的人们，空气里翻滚着煨桑的香味儿。我很快就习惯了藏族阿妈手持转经筒从身边走过，她们甚至在公交车上都会兀自念经不止。处在这样的环境里，四肢会不知不觉地舒展起来。和走在太古里完全不同，不会有让人紧张的古驰和路易威登，更没有星巴克和地下铁，走路就只是走路，呼吸就只是呼吸。

上午十点钟才上班，而我们到单位差不多已经十一点了。吃过盒饭后，我们常去一家甜茶馆睡觉。一壶滚烫的甜茶只要五块钱，还有不要钱的藏香帮人入睡。到了下午，我只需要在网上找十几条新闻，粘贴到单位的网站上就可以，剩下的时间可以尽情地打游戏。

办公室主任是一个年过五十的大姐。我称她为徐姐。每次我明目张胆地打游戏时，她总是把手放在我的肩膀上，看一会儿电脑屏幕，装作很在行的样子用手指点一二：

"打这里，打这里。"

无论我怎么操作，她都会很满意地点点头，然后双手抱着保温杯，仰着下巴慢慢走开。据说，她在这里只是等待退休而已。

下班后，我就没事可干了。躺在沙发上可以继续玩五六个小时的手机。何彼鸥在一楼的房间给自己搞了张沙发，空闲时间就陷在沙发里看书。除此之外，他每天至少要抽四十支烟。

"骆驼烟。"他说，"我就是为了这个来拉萨的。"

那是一种据说很难买到的外烟，烟盒是土黄色的，印着一只看上去有些些自命不凡的骆驼。我点燃一支抽了，味道浓烈而干燥，呛得人喉咙疼。由于长时间地抽烟，他的房间总保持着烟熏火燎的状态，进去之后几乎看不到人，像走进了一场旷日持久的大雾。呛人的烟味儿甚至会从门缝下面钻出来，在一楼客厅都能闻到。在许多个夜晚里，他一动不动地陷在沙发里看书，头上戴着一副很旧的耳机。

我问他听的什么，他回答说是爵士。我取下耳机戴在自己头上，只听到嘹亮的声音很深很远地穿梭过去了，像坐在一列长途火车上奔驰。风从窗户灌进来，把白色的窗帘吹得翻飞不休。那感觉更像是坐火车了。"小号，我喜欢听小号。"他这么对我说。他就这样待到深夜，直到在沙发上昏睡过去，连被子都不盖。他买的那些书长长地码在墙角，我偶尔也会看一看，没有一本是我感兴趣的。

高中毕业以后，我就不怎么看书了。对我而言，读书的人都是书呆子。当时，我唯一的爱好是打篮球。但在拉萨，我的高原反应有些强烈，爬上三楼都会喘气。我只能躺在床上玩儿手机，没完没了地看网上的小视频。

那段时间，我看过各种各样的小视频。我看到一个叫"水狼"的年轻人从水泥大坝纵身一跃，跳入了发绿的湖水中，"小旺哥"在珠江边自弹自唱许巍的《蓝莲花》，"奥迪哥杰克"连续吃掉了十份台湾大鱿鱼，"女王酥酥"对着试衣镜跳了一段火辣的热舞，"农民工杰哥"手握门框连续做了一百个引体向上，"飞哥教你做人"用手指戳碎了十二个绿色的啤酒瓶,"社会我阿立"和"萌萌的尤物"在保时捷里接吻,发出了哼哼唧唧的声音,"老汉五十二"抡起拳头猛捶自己的裤裆同时大吼一声"双击吧老铁"……

所有的这些小视频我都看过了。

我一条一条地看过去,觉得无论哪件事都和我无关。所有人都仿佛生活在另一个世界,一个离我一千公里之遥的非现实世界。而我独自一人躺在这个离天堂最近的地方,懒懒地看着他们。我饿得要命,却没有东西吃,口渴得要命,但没有水喝。我早就懒得去管那个令人作呕的厨房,灶台上的油污至少有一厘米厚。

"你还在这儿?"何彼鸥从房间里出来,吃惊地看着我,脸上一副愕然的表情。我看着手机屏幕,嘴角微微发笑。

没错,我还在这儿,甚至连外套都没脱。我知道自己躺了四个小时了。现在是晚上十一点,自从下班回来脱掉鞋子之后,我就再没有挪动屁股一次。我哈哈大笑起来,他也哈哈大笑起来。我们的笑声回荡在空荡荡的客厅里。

那是一种多少有些寂寞的笑声。

一个星期之后,大云搬了进来。她看上去有些过分地发胖,让人想起一只包裹严实的鸭梨,头上还戴着一顶至少有五种颜色的棉线帽。帽子两侧的护耳垂下来,刚好包住她的脸颊。她的眼睛从黑框眼镜后面直直地看过来,让人觉得不好对付。她特别喜欢二楼平台对面的房间，可以看到湛蓝的天空和起伏的小山。她放开胳膊，在地板上原地转了个圈，彻底放飞了自我。我听到她说："太爽了，明天我就搬进来。"

这下轮到我不爽了。因为二楼只有一个卫生间，就在我的房间里面。这意味着以后她上厕所都要来我这儿了。她认准了住楼上，还骂了我们一句：

"让一个女生住楼下，你们还是不是男人？"

我只好妥协。搬家的时候，何彼鸥惊人的热心，帮她把笨重的木床组装起来，连买衣架脸盆儿的活儿也干了不少。我搞不懂这家伙哪里出了问题。"咱们要多帮她一点。"他这么对我说。"凭什么？"我怒不可遏。

"她的生活肯定很悲惨。"

这简直是胡说，她哪里悲惨了？何彼鸥看上去很自信，似乎大云脸上就写着偌大的"悲惨"两字，而我就是看不出来。总之，无论我有多不满，这个叫大云的女生住在了我的隔壁。我愤怒的情绪直到那天晚上才化为乌有，因为宛如地狱一般的厨房终于重新焕发了生机。大云戴上塑胶手套，一个人把厨房打扫了个干干净净。她把洁厕灵大团大团地甩在地板上，跪在地上极其用力地刷干净。所有的碗筷都被她用高压锅消毒了，散发出一种馒头出炉的味道。这一切都不让我们插手。

刚打扫完厨房，她就开始做饭。这个女人切起菜像五十岁的大妈一样利落，挥舞擀面杖的姿势有一种神挡杀神的霸气。我和何彼鸥想帮忙，反倒让她不耐烦起来，一挥手把我们赶走了。不到一个小时，她就整出了满满一桌的菜。

凉拌黄瓜、清蒸鲫鱼、土豆炖牦牛肉、青椒回锅肉、紫菜蛋花汤，还有一盘她自创的凉拌杏鲍菇。黄瓜清脆可口，简直像从碗里刚长出来似的。杏鲍菇在五分钟之内被扫了个精光，留下一层薄薄的酱汁。清蒸鲫鱼的味道也很好，我真不知道她从哪里买到的鱼。

"味道怎么样？"大云推了推眼镜。

我和何彼鸥对视一眼，哈哈大笑起来。我对大云说，太好吃了，好吃到眼睛可以冒出光来。我看到大云的脸泛红了，我们三个人都笑了。我想起来之前同何彼鸥一起吃泡面的情景，那确确实实是很悲惨的。

安顿好一切后，我们就请杜夕做客。

杜夕是我们另外一个同事，房子就是她帮忙租的。她继承了汉族精致的五官和藏族潇洒的身段，黑亮的长发编成了许多小辫子垂下来，腰背挺得笔直。和所有的藏族姑娘一样，她身上总有一种浑然的定力，透露出坦率和自信。她讲话的神情会让你觉得，世界上没有任何问题可以称之为问题。只是看到她，就会让人觉得世界上的一切肮脏都不复存在。

杜夕简直是一个女神。

2

我现在还记得那个意义非凡的夜晚。

晚上吃过饭，我们四个人盘腿而坐，聊起了各自的事情。一台四面都可以取暖的电暖炉摆在我们中间，通红的炉丝把我们的脸照亮了。

杜夕坐在我左手边，两条腿合拢放在身体一侧。当她俯身烤火的时候，从脖子那里可以看到里面很多。她对自己的美似乎一无所知，这让她看上去更美了。当她的眼睛看向我的时候，我不由自主地感到紧张，不停地说出了自己的事情。我讲了上一份糟糕的工作，虽然不停地加班，但有些时候工资还不到两千块钱。

"放心吧，在拉萨，你的收入会是原来的好几倍。"杜夕温柔地说，她微笑的样子让我放松多了。我们像往常一样把啤酒加热了喝，据说这是拉萨独有的喝法，枸杞和红枣在金色的啤酒里浸泡着。喝着酒，我们决定各自讲一件干过的最离奇的事情。

杜夕用指尖轻轻触碰着啤酒里的红枣，把它按下去又浮上来。她玩弄红枣的动作看得我咽了口唾沫。昏头涨脑间，我竟然讲出了那件事。那是大三的时候，我在网上认识了一个女人。聊过两次之后，她坐火车来了学校，住在了附近的宾馆里。晚上我刚进房间，她拽着衣领吻了上来。我挣扎了很久，最终还是被放倒了。

所有人都狂笑起来。我感到脸红了，于是闭上了嘴。何彼鸥问我："后来呢？"

"我要用手指才能让她满足。"我一咬牙说。

他们再次爆发出了笑声。杜夕揉了我一把，问："你到底行不行啊？"

"她比我大十岁啊。"我解释。

何彼鸥笑得太过头，猛烈地咳嗽着，大云推了推眼镜，他们已经笑得东倒西歪了。大云一边笑一边摇头，问我：

"你不觉得被人给睡了吗？"

"当时我哪知道。"我为自己辩解。我告诉他们，至今我记不清她的长相。我和她都是晚上见面，白天很少在一起。杜夕抿着嘴笑而不语，我心慌意乱，但她看起来没有反感的样子。我脑子一热，问她有没有男朋友。杜夕侧着头想了一会儿，说：

"也罢，告诉你们好了，反正没什么大不了的。"

她侧着头，目光投向面前的某个点，讲她有一个青梅竹马的男朋友。他们在高中认识，考入了北京的同一所大学。高中的时候，他们就开始探索彼此的身体。

她讲话的语调轻松又平静，我们安静地听着。电暖器发出红色的光，把我们笼罩了起来。一种奇妙的感觉包裹了我：我们几个认识还不到一个星期，此刻却分享着各自最私密的经历，像多年未见的老朋友重聚似的。拉萨的夜已经很深，外面听不到一点声音，整个世界仿佛只剩下了我们。她甚至讲了和男友上床时的情形。

"我和他之间已经熟悉到没有可以再熟悉的地方了。他曾经说，最爽的是从后面，让他有一种征服的快感。现在连这种快感都没有了。"她低着头说。

我不得不承认，一种深深的妒意从心里升腾了出来。我看着眼前的这个美得不可思议的女孩，觉得那个家伙运气真好。我不知道当时自己是否克制住了自己的表情，只觉得手指不由得抠紧了地板。杜夕似乎完全不以为意，接着讲他要求一定要穿整套的内衣，必须是黑色的。"他甚至从网上买了一套东西，想在我身上试试。"

"什么东西？"我问。

"皮鞭、手铐什么的，是整套的一箱。那还是前不久的事。"

"然后呢？"

"当然没用。"杜夕深深地看了我一眼，"我和他分手了。"

大云显得越来越愤慨，狠狠地骂了一句："×的，这种人就是变态！"她伸出长长的胳膊把杜夕揽在了怀里，抱住了她。杜夕低着头，漂亮的头发从两侧垂了下来，原本温柔的声音变得更细小了："我是真的不明白，他怎么就成了这样。"

"有没有什么预兆？"我问。

杜夕想了想说："如果说有的话，就是来到拉萨之后，他越来越想当官了。有一次在他单位，趁领导不在，他带我去了一间办公室。当时，他指着领导的老板椅说：'看到没有，以后这儿就是我的位置。'"

"×。"我们三个听众发出了共同的感慨。

杜夕看着我们，确认似的点了点头，脸上流露出一种随他去的表情："所以说，分手了。我觉得不能继续下去了。"

"你做得很对，拉萨是一座让人控制不住欲望的城市。"我对她说。

何彼鸥一直没有说话，此时突然开口了。

"其实没什么。"他闷头闷脑地说。

"什么没什么？"我问他。

"普通人都会有的想法罢了。"

"你为什么会觉得普通呢？"杜夕问。

"因为本身就很正常。"

"只是我无法接受。"杜夕说。

何彼鸥微微点点头，站起来烧热水去了。我觉得这家伙有点装模作样，不想搭理他。杜夕又讲了很多事情。她笑意盈盈地看着我，问了许多有关那个女人的事，时不时就会捂着嘴笑起来。何彼鸥回来的时候，杜夕问他睡过几个女人。何彼鸥一愣，含糊其词地说："谁要热水？"

"到底几个，快说。"

"就两个。"

"切。"杜夕露出来失望的神情。

何彼鸥嘿嘿地笑着。他闷声闷气的模样让我想起传达室看大门的大爷。他无论如何不肯讲自己的事，现在要轮到大云了。当时，我记得大云扶了一下眼镜，两只眼睛像她以往那样直勾勾地朝我看过来。直到现在，我还记得她那过分认真的眼神，好像要把你钉在一堵墙上。"告诉你们好了。"她用极其执着、尖锐的眼神盯着我说。

"嗯，你说吧。"

"我很小的时候，被两个男人轮奸过。"

一瞬间，所有的声音都消失了。

那感觉像一下子掉进了黑洞,我只觉得嘴巴不由自主地半张着。我看看杜夕,杜夕看看我,我们都没有说话。我突然觉得浑身上下都很焦躁。我下意识地寻找了一下焦躁的来源,发现是从电暖炉那儿传过来的。通红的炉丝散发出一股怪异的味道,好像什么东西烧焦了。安静大概持续了好几秒钟,何彼鸥问:"这两个人你都认识,对吗?"

大云看了他一眼,说:"是我爸爸的两个同学。"

"嗯。"何彼鸥看上去字斟句酌,"你父母知道这件事吗?"

"我妈知道,她不敢告诉我爸。"

我几乎是震惊地听完了他们的对话。

我想说点什么,但什么都不敢说。我不敢相信竟然有人把这种事说了出来,而且当着这么多人的面。那感觉像是我自己干了一件坏事,窥觊了别人的隐私。我甚至不敢用眼睛去看她,但她却直勾勾地看着我,继续往下讲:

"你们知道我为什么这么胖吗?从十六岁开始,我患上了严重的心理疾病。到现在已经有十年了。我从高中就开始吃药,大把大把的药。那些药里有很多激素,所以我的身体不正常地发胖。我的两条腿里,几乎全是脂肪。我还有严重的肾积水。"

大云再次推了一下眼镜:"你知道肾积水疼起来是什么感觉吗?"

她挪到我身边,把一只手贴在我的腰上,手心向外,另一只手攥成一只拳头，一下一下地捶在手心上。一股很强劲的力量冲击在我的身体上，像用小锤子敲。她看着我点点头。我有一种特别害怕的感觉，希望她不要再说下去了。

她继续往下说："我特别恨我爸妈，尤其是我妈。他们完全不理解我。我是跟奶奶一起长大的。我考上大学之后，有一段时间心理问题特别严重，差点从楼上跳了下去。后来，我在上海找到一份工作，一家娱乐公司。在那里，我甚至可以接触到一线当红明星。我觉得好运差不多快要来了。谁知道同事排挤我，一大堆让我背锅的事情，我又发病了，住进了医院。直到前不久医生告诉我，我及格了。我可以出院了。我在网上看到了招聘信息，于是想也不想，买了张车票就来了拉萨。我希望永远不要再看到他们。"

3

我突然感觉到非常幸福。

幸福，或者说，幸运。那些之前发生在自己身上的事，仿佛都没有那么糟糕了。

那天晚上后来的事情，我记不太清了。一切都变得乱糟糟的。大云又说了很多事，说得我们都不敢听了。她讲了高中时发现自己有心理疾病，到现在已经换了许多个心理医生。何彼鸥掏出烟，所有人都点上了。我们喝了很多热啤酒和热水，谈话在乱哄哄里结束了，何彼鸥回到房间，大云上楼洗澡。杜夕要回家，我脑子一热，说我去送你。听了我的话，杜夕带着若有若无的笑意看着我。

我们沿着小区里的路慢慢走，我闻到了她身上散发出来的好闻的味道。它温暖而湿润，有着女性特有的温润气息。在黄色的路灯下，我小心翼翼地走在她身旁。"大云的事，你怎么看？"我问她。

"咱们以后要好好对她。"

"要替她保密。"

走到小区门口，她对我说可以了，叫了一辆出租车离开了。我那发热了一整个晚上的脑子终于逐渐冷静了下来。但我的胳膊周围还残留着那股异常诱人的味道，回到家后，我忘记是怎么睡着的了。

发了工资后，我们有了点钱。我买了一张大床，杜夕送了大云一个可以拼装的衣柜。我们花了一上午才把衣柜装好。衣柜是粉色的，连把手都是，看上去相当少女心。装好衣柜之后，整个房间看上去舒服多了。大云开心极了。从她黑得过分的眼睛里闪烁出了少见的亮光。我们都挺开心的。

我们三个私下约定，要为大云保守秘密，要像对普通人一样对她，而怜悯和同情都是可耻的。白天，我们一起上班，脚架在办公桌上抽骆驼牌香烟。不用上班的时候，要么找地方吃饭，要么一起逛街。从北京路到八廓街，从龙王潭公园到拉鲁湿地，我们不停地走，没有目的地瞎逛。走路的时候，我习惯把手插在口袋里，很悠闲很肆意很任性地走。

忘了具体是哪一次，杜夕把手插在了我的臂弯，没等我反应过来，她又把另一只手插在了何彼鸥的臂弯，何彼鸥的臂弯又被大云挎着了。我们四个并排走在路上。后来，无论什么时候上街，我们都这样并排走路了。身边是谁都无所谓，总之四个人一起挎着胳膊。我们甚至买了同一款的棉袄。杜夕经常来玩儿，玩儿累了就在我们这里过夜。晚上，我们常常在屋顶看星星，一边喝热啤酒一边聊天。有时候，我会偷偷留意大云，看她有没有笑。我们彼此心照不宣，没有人再讲起那件事。在拉萨晴朗干净的天空下，一切都自然而然。

我还记得杜夕从我怀里醒来的那个早晨。

同样是一个夜晚，我们又喝了啤酒，房间里暖气很足。模模糊糊中，何彼鸥说起了他读研时候的事情，说他成了康德的崇拜者，生活在另一个世界里。"什么世界？"我迷迷糊糊地问。杜夕的脸已经贴在我脸上了。她的脸很烫。烫极了。

隔着薄毛衣，我甚至能感受到她柔软的胸部。"自在界。"何彼鸥说，"除我之外，别人都是表象。""噢。"我模模糊糊地点点头。杜夕呼出的热气吹在了我的脸上。"所以我生活在另外一个世界里。眼前的世界和我无关，比如现在的你们。""噢。"我点点头，同时感觉到只要我再把头歪一点点，就可以吻上杜夕的嘴唇了。

杜夕的身体柔顺地贴在我身上。"这意味着世界上的一切我都不是很关心。"何彼鸥的声音变得越来越模糊。

"噢。"我已经和杜夕吻在了一起,手放在她的背上了。我们时不时地扭动身姿,从沙发到了房间,从房间到了床上,就像迪士尼电影那么梦幻。

晚上,杜夕身体里湿润的气味儿不停地钻入我的脑海。我们长久地抱在一起,在床上翻来滚去,整晚不休。夜里,我们甚至把窗户打开,披着被子看夜空里的星星。冰冷的空气让我们的牙齿打战。看罢了星星,我们重新在地板上抱作一团。拉萨的黑夜很漫长,漫长而安静,安静而没有尽头,我们几乎想永远这么抱着。早上,何彼鸥催了三次,我们才不得不支起身体。

"你俩终于在一起了?"他厚颜无耻地推开了卧室的门,歪着脑袋往里看。他有些猥琐地嘿嘿笑着,目光闪闪发光,牙膏泡沫从他的嘴里流淌到了手指上。杜夕不好意思地把头藏在被子里,双手抱住我的腰。我让他赶紧滚蛋。

何彼鸥离开之前还不忘看了最后一眼,我真想揍他一顿。

从那天起,杜夕就搬了进来。我们添了一些家具,买了一张床垫和地毯。我们把地毯放在床垫上,床垫扔在地板上,整夜开着暖气,不停地看电影。大云有时候会过来上厕所,即便当着她的面我们也会抱在一起。我们不停地看迪士尼的动画片,看完了《白雪公主》《阿拉丁》《睡美人》和《美女与野兽》之后,又看起了宫崎骏,看了《风之谷》《阿尔的移动城堡》之后,又看了《千与千寻》和《红猪》。看什么都无所谓,我们抱在一起,翻滚在温暖厚实的地毯上。

那是我到拉萨不到两个月的事情。有时候,虽然时间很短,我会暗自怀疑,节奏是不是太快了。我有了朋友,生活开心,杜夕如此美丽,拉萨无忧无虑,我还缺少什么呢?但不知为何,我心里总有一种隐隐的不安之感。

到底是什么呢?我不由自主地想到,自己真的打算在拉萨住一辈子吗?杜夕对此完全没有察觉,她甚至给我安排好了一切计划,这个计划包括复习和考试,可以让我获得在这里长久工作的一个编制。有天晚上,大概是深夜,我醒了过来。

杜夕还在睡觉,呼吸深沉又平稳。我略略支起身体,半靠在床头上。拿来手机一看,已经是两点钟了。我口渴极了,又想抽烟,最后都作罢了。我感到意识处于一种蒙蒙眬眬的状态,似睡非睡,似醒非醒。我决定就这么飘浮着好了。

两个月来的所有事情在我眼前飘来浮去。杜夕的笑容、红彤彤的电暖器、无比纯净的天空、骆驼牌香烟……所有这些事物都带着迪士尼乐园般的梦幻色彩,不真实地飘浮在虚幻的夜空中。我甚至看到了大云的帽子,那顶有些可笑的棉线帽。她似乎很喜欢戴两边有垂帘的帽子,可以把她给包裹起来。我看到帽子缓缓地移动了过来。

在帽子下面显露出大云的脸。

我只觉得心口猛然一跳,差点叫出声来。那真的是大云。她穿着睡衣,头上戴着毛线帽,站在离我和杜夕只有两步远的地方。她一动不动,矗立在黑暗中,唯有圆形眼镜的边缘反射着锐利光滑的光。我一下子清醒了。

慢慢地,极其小心地,我合上了眼睛,与此同时,用尽全身力气去听。没有,我没有听见任何声音,没有听见大云移动的脚步声。她肯定还在看我。我继续装睡,她继续没有声音。我听见了自己的心跳,声音大得吓人,咚咚咚咚、咚咚咚咚。心跳声回荡在我的胸腔里。过了很久,我终于听到她转了个身,打开了房门,走了出去。

我睁开眼睛,浑身上下变得黏糊糊的。再次看了看时间,已经是两点十五分了。足足过了十五分钟。也就是说,大云足足站了十五分钟。

枕头上的杜夕瞪着眼睛看我,一缕头发贴在她的额头上。我瞬间明白,她也感受到了。她的脖子布满了细密的汗水。她小声地问我,刚刚房间里是不是有人。我回答说有,是大云。杜夕坐了起来,认真地看着我,说:"你知道昨天晚上,大云来了我们房间多少次吗?"

"没注意。"

"大概有六七次。"

我彻底被吓到了。

4

我们决定对大云再好一点。

周末,我们一起去逛宠物商店,看了金毛、泰迪,还有大个的阿拉斯加。大云买了一只猫，取了名字叫"豆奶"。挑选小猫的时间里，她看上去很开心。中午吃过饭后，我们围着布达拉宫开始转圈。布达拉宫下面有一圈看不到头的转经筒，据说转一次功德无量。

大云和何彼鸥走在前面。我发现，走不了几分钟，大云就会往后看。有时候她假装调整帽子，有时候也不假装，就是往后看。她总是飞快地朝我们瞟来，然后迅速转移。杜夕把我的胳膊抓得紧了一些，她对我说："你说，大云会不会是喜欢你？"

在布达拉宫晴朗的天空下，一种不安之感像煨桑的白烟，缠绕了过来。

拉萨的冬天，只要有阳光的照射，依旧会让人感到温暖。龙王潭公园在冬天也有很多鸟，白色的鸟们舒展翅膀，尽情地在天空中滑翔。在远一点的地方，可以看到许多连绵起伏的小山，山头上压着一层糖霜似的白雪，看上去像蛋糕一样甜美。

多美的风景啊，美丽得能让人掉下眼泪。

我突然想起大学时和寝室的哥们儿喝酒时的快乐，那不是也挺好的吗？周围煨桑的烟雾把我的眼睛给蜇疼了。我们找了块草坪坐下来。视线所及之内，可以看到一座巨大的格桑花雕塑，在阳光下闪闪发光。何彼鸥和大云面对面盘腿坐着。我看到他们时不时有说有笑，有时候又一点都不笑了。他们讲了很长时间的话。

我脑子里乱极了。整整一天，我不敢直视大云的眼睛。我已经不知道该怎么和她讲话了。我朝四周看去，只见远处的草坪上长满了奇形怪状、姿态扭曲的大树，它们被粗大的绿色钢管固定着，像是魔鬼从地底伸出的爪牙。树上落着一些鸡和鸟类，它们纹丝不动地蹲坐在树杈上。杜夕说，这种树叫左旋柳。

"你知道为什么叫左旋柳吗？"何彼鸥突然问。

这家伙又开始掉书袋了，我想。何彼鸥说，他在一本叫《海底两万里》的小说中读到过，在全世界，生物大多是向右旋转生长的，比如大部分人都是右撇子，中世纪的欧洲似乎还流行过"上帝厌恶左旋"的说法。在小说里，主人公找遍全世界，都想找到一只向左旋转的生物。但在这里，到处都是左旋柳。

我看了看周围的树，它们扭曲的姿态像炸裂的麻花，似乎在忍受很深的痛苦，让人想起挣扎的鳗鱼。树皮外翻而粗硬，看上去十分疼痛。仔细看过去，真的，每一棵树都是朝左旋转，而且旋转得非常明显。它们像是为此付出了极大的努力。

"你想说明什么呢？"杜夕问。

"什么也不说明，就是想起来了。"何彼鸥回答。我们取笑了他一阵，离开了那里。

晚上，我们做了饺子。大云切菜，杜夕调饺子馅，何彼鸥作为唯一的北方人，负责包饺子。我负责玩手机。我躺在沙发上，听见说笑声一直从厨房传出来。

之前我们已经约定，绝不问大云晚上去我们房间的事情。现在看起来，这个决定是正确的。说不定是我们想多了呢？饺子鲜美无比，就是馅做得太多了，吃完后足足剩下了半盆。我们开了许多罐啤酒,像往常一样聊天。

杜夕这次不会放过何彼鸥了,非让他讲点自己的事不可。她记得有天晚上,他提到过"物自体"的事情。何彼鸥笑了笑说,没想到你还记得。

"讲讲呗。"

"你们知道日本有很多宅男吗?"何彼鸥说,"就是收集了成千上万册小说和动画DVD的那种人,他们整天足不出户,就待在十几平米的小房间里打发时间。我来到拉萨,就是想过这样的生活。这段时间,因为你们,我和社会还算有点联系,但恐怕将来的某一天,我会从世界彻底消失掉。"

"这是何必?"杜夕不解地问,"一点骨气都没有。"

"主要是厌倦了。"

"你想要离开我们吗?"

"主要是厌倦了。"何彼鸥说。

"不懂。"

"虽然我们现在面对面,在一个房间,但我的思维不在这里。"何彼鸥挠挠头说,"我有点像一个旁观者,介入只会让我痛苦。"

"你真是装逼暴发户。"我评论道。我们都哈哈大笑起来。

"不过,我挺羡慕你的。"何彼鸥收敛了笑容说。

"羡慕我?"杜夕指了指自己。

"对。你的人生顺风顺水,几乎没有遇到过任何困难,对吧?"

杜夕歪着脑袋思考了一下,然后点了点头。

"我一看你,就知道你从小就是在幸福中长大的人。你的脸上没有任何经历过痛苦的痕迹。和你不同,我的人生充满了痛苦。以前,我总以为痛苦有痛苦的价值,所以,我甚至乐意去忍受痛苦,认为一帆风顺的人生不值得过。我一直在留意观察,看能不能找到一个从来没有遇到过苦难的人。我特别想看看一个幸福的人到底是什么样的。你是我找到的头一个。"

"那你觉得我怎么样呢?是怪物?"杜夕问。

"不,你很好。也就是看到你之后,我才慢慢明白,之前的想法非常荒谬。"何彼鸥说,"应该把痛苦给遗忘掉。"

"会忘掉的。"杜夕说,"拉萨跟其他地方不一样,你以后会顺利的。"

"借你吉言。"何彼鸥说。

他们讲话的时候,大云一言不发,只是很认真地在听。我一直注意她的神态,发现她的脸上逐渐布满了不屑,眉头皱了起来。她突然坐直了身体,两只手拄在大腿上,说:

"但你不能否认,经历过痛苦的人要成熟一些。"

她激动的腔调把我们吓了一跳。我们都看着她,没有人接话。大云扶了扶眼镜,说:"我认为,没有经历过痛苦的人生不值得活。"

我注意到杜夕的脸,她像是思考了很久,终于开口了：

"我认为，总把自己的痛苦挂在嘴边的人很恶心。"

整整有半分钟，没有人讲一句话。我看到大云挂在腿上的两条胳膊不住地颤抖。最终她站了起来，径直走出了房门。

5

冷战是断断续续的。

大云不再和杜夕讲话了，只和何彼鸥讲话。在几天的时间里，大云从网上买了很多东西，何彼鸥拉着我，帮她干了许多重活。我多少有些不耐烦了。

"你看看她，连谢谢都不说。"

"她是害怕。"

"这有什么好害怕的？"我真的搞不懂。

我下定决心，等她下次让我帮忙时，决不伸手。没过多久，又发生了一件事。大云的猫没有学会用猫砂，拉在了沙发上，后来，拉在了何彼鸥的地铺上。褥子和被子全都脏了。何彼鸥说没事，又买了新的被子。结果没出三天，又拉在了何彼鸥羽绒服的衣领上。大云躲在房间里不出来。杜夕走了进去，我听见里面传来了低低的说话声。杜夕出来后说，大云害怕极了。何彼鸥说算了，横竖不是什么好衣服。

我真搞不懂，她有什么好害怕的，我们又不是坏人，又没有欺负她。杜夕和大云和好了。我们出门的时候，仍像往常一样并排走。只是她再见到我时，眼神里竟然真的有了一丝尴尬。我说不出那是什么眼神。

然后我发现，几个同事看我的眼神变了。

在办公室，经常会有几个人凑在一起，一边看我一边小声地说话，等到我一靠近，他们全都散开了。我搞不懂哪里出了问题。甚至徐姐也找我的碴，开始让我加班了。何彼鸥说，他也发现了，所有的人都在针对我们。我们一头雾水。

谜底是杜夕揭开的。负责剪片子的人跟杜夕认识很久了。他问杜夕，是不是和我同居了。杜夕回答说是的。他又问，你是不是跟何彼鸥也同居了？

这问题让人摸不到头脑。最终，杜夕听完了谣言的完整版本。在谣言里，我、何彼鸥和杜夕三个人同居了。有时候杜夕和我睡一张床，有时候和何彼鸥睡一张床，有时候三个人同睡一张床。

简直匪夷所思。

我们住在一起的事情，只有我们四个人知道。谣言从哪里来一目了然。我几乎气炸了。在办公室，我差点把椅子重重地摔在地上。但何彼鸥和杜夕拦住了我。没过一会儿，大云故意找碴似的问何彼鸥，有没有交电费，何彼鸥回答说忘了。

大云破口大骂。那是我听过的最难听的脏话。何彼鸥沉默地陷在椅子里，一语不发。整个办公室里的人都来看热闹。大云骂了足足五分钟。我看到很多人都在偷笑，他们脸上幸灾乐祸的表情刺痛了我。

"你怎么不回骂过去。"我问何彼鸥。

"她是病人。她不知道自己在干什么。"何彼鸥回答。

我真是服了。服了何彼鸥,服了大云,服了单位里的所有人。我搞不懂为什么所有人都替她说话。下班后,我们一起坐公交车回家。公交车上的人像塞在罐头里。刹车的时候,整车的人摇摇晃晃起来。我往前晃了一步,大云张嘴就骂:"×你×,你踩我干什么?"

我立刻回骂过去。

她的脸足足放大了一倍,都变形了:"×你×,居然骂我,是不是男人!"

车厢里的人全都看了过来。

"骂你怎么了?我扇你信不信?"我伸出手往她脑袋上推了一下,"别以为你有病,我们都应该让着你!"

"停车,停车,我要下车!"大云歇斯底里地尖叫起来。她的两只眼睛充满恐惧地看着我。她的嘴兀自张着,胸口夸张地起伏,似乎还想说什么,但一句话都说不上来了。

车停了。大云下了车,杜夕跟了出去,何彼鸥也下了车。

去她×的。我脑子里想。

我已经完全愤怒了。

一直等到十点,没有人回家。我在沙发上不停地玩儿游戏。还能怎么样?我无所谓。十点半,杜夕打来了电话。我在电话里听到她说:"大云犯病了,现在在诊所。"

"装的吧?"我说。

杜夕竟然也生气了,声音变得很大。混乱中,我逐渐听明白了。大云吐了不少白沫,已经完全不能走动。诊所的医生说治不了。除此之外,她已经有足足一个小时没有眨眼了。

"你到底听明白没?她真的犯病了!"杜夕大叫起来。

我脑子嗡嗡直响,这是怎么了?

那是我人生中最难熬的一个夜晚。事情已经过去了两年,时不时地,我们仍会回想起那个诡异的夜晚。每一个细节都被我们想过很多次,但仍然搞不明白那天晚上到底是怎么回事。我没有看到当时的情况,何彼鸥和杜夕告诉了我后来发生的事情。

他们两个是唯一当场见到大云"发病"的人。

大云一动不动,僵尸一样躺在诊所又脏又臭的铁床上。她的眼睛瞪得直直的,无论怎么试探,都没有反应。在一个多小时的时间里,杜夕不停地安抚大云,凑近她的耳朵劝慰。何彼鸥在门诊门口,握着手机,犹豫着要不要给徐姐打电话。

在杜夕的安慰下,大云慢慢坐了起来。"咱们回家吧?大云?"她慢慢地把大云哄下了床,示意何彼鸥赶快拦出租车。

"咱们是不是要打120?"何彼鸥问。

"相信我,不用。"杜夕说。

大云最终上了车,车到了小区门口后,她一只手死死地抓住座椅，一只手死死地攥紧手机，就是不下车。杜夕给我打了电话。电话里，我听到她非常大声地喊我的名字："你给我滚出这个小区，滚远点，不要在房间里。"

我下了楼，从小区后面绕出来，躲在花丛里。

大云下了车。她伫立在原地，两只长长的胳膊像翅膀一样紧紧地抱住自己。她的头低低的，埋在胳膊组成的凹陷里。她就那样站着一动不动。

"大云，咱们回家了。"杜夕安慰道。

她仍然一动不动。从出租车到小区大门，只有十米的距离。这十米的距离，大云足足走了半个小时。脚刚刚迈入大门，大云突然跑了起来。

她飞快地跑进了小区里的一个花坛。花坛后面是墙壁。她慢慢地沿着墙壁，一步一步挪动，走到一个角落后，双手抱住自己，蹲了下来。

何彼鸥和杜夕面面相觑。

所幸小区里人不多，没有人注意到。杜夕故技重施，慢慢走过去安慰。但她刚要靠近，大云立刻站起来，贴着墙壁，一点一点往后挪。从她的嘴里发出惊人的尖叫声。她刺耳锐利的尖叫声穿透了小区的黑夜。

杜夕只能停了下来，远远地看着大云。

拉锯战又持续了一个小时。我们都疲倦不堪了。几个过路的人围着看了我们一会儿，又离开了。杜夕和何彼鸥商量了一会儿，最终想了个主意，两人一人站一头，慢慢靠近大云。但几次都失败了。大云会在最后一瞬间跳出包围圈,迅速地跑到另外一个角落。

"大云,跟你说实话吧,你再不出来,我就给徐姐打电话。"杜夕最终说出了这句话。她慢慢靠近过去。这次,大云只是略微往后移动了一小步。等到杜夕走到她身边的时候,她并没有尖叫。"大云,你不要怕,家里没有人,咱们回家吧。"杜夕说。

夜里十二点,大云终于回到了家。我和何彼鸥在楼下花坛坐着,等着杜夕的消息。何彼鸥买了个烧饼大嚼起来。我没有吃饭,抽了一包香烟,再没有烟抽了。何彼鸥给了我一支。

"到底怎么回事?她真的犯病了?"我问。

"正常人谁能几个小时不眨眼?"何彼鸥说,"但我现在也有点怀疑。如果说她真的犯病,怎么一听到徐姐的名字,立刻就有变化?"

这时杜夕来了电话,说我们可以回家了。我和何彼鸥上了楼,先是在何彼鸥的房间待着。杜夕在二楼,过了好一会儿,我听见杜夕的声音。她在叫我。

"大云让你进她房间。"

"干什么?"

"你进来吧。"杜夕一脸疲惫。

我上了楼,几乎是颤抖着走进了房间。我看到大云躺在床上,她看到我,一把拽住我的胳膊,狠狠地咬住。她的牙咬进肉里去了,我疼得大叫。

"还叫?"杜夕说,"还好意思叫?"

我立刻不叫了。

大云咬完了一只胳膊，又去咬另外一只。我伸过去给她咬。我的两只胳膊遍布了一二十个深深的牙印。

我没忍住，还是叫了出来。叫声像杀猪一样，我不管了。

"我原谅你了，记住，你是个打女人的废物。"大云说。

我走出了房间。

"叫何彼鸥进来吧。"杜夕说。

何彼鸥进了房间之后，大云重新躺了下来。

后来，他告诉了我屋子里发生的事情。

大云让何彼鸥把耳朵凑过去。何彼鸥看到大云嘴唇抖动着，吐出来一口气。那股气又臭又酸。何彼鸥听见她慢慢说："我想起来了……"

"想起来了什么？"何彼鸥问。

"他们。我想起他们来了。"

眼泪不停地从大云的两颊滚落下去。

"他们抓住了我的胳膊，他们抓住我的腿。他们脱掉了我的鞋子，他们脱掉了我的裙子……我想起来了。"

何彼鸥告诉我，他听着大云的话，感觉自己坠入了一个漆黑无比的深洞。刚开始，洞里只是很冷，后来，他几乎已经彻底冰凉。

那感觉像是死了一遍。

6

第二天,我们像往常一样去上班。

大云没有表现出什么不一样,只是很少跟我说话,离得远远的罢了。我们在单位已经听说,她和办公室另外一个女同事商量好了,周末就搬过去住。

一天,我们下班的时候,她的房间已经空了。

杜夕收到了一条短信:

我把属于我的东西全都带走了。

我们三个站在空荡荡的房间里,笨重的木床不见了,粉红色的衣柜还在。所有的抽屉都拉开了,已经被掏空。一双淡蓝色的棉鞋放在门口的地板上,那是杜夕买给她的。

"这是什么?"何彼鸥指着一个地方说。

顺着他手指的方向,我看到面前的白墙上竟然有一双眼睛。那是用铅笔画的,被反复描绘过很多遍。凑近了仔细看,原来眼睛周围还有细细的轮廓线,是一幅自画像。画得非常逼真,仿佛她本人站在眼前。她头上还戴着棉线帽,用那双大眼睛质疑似的看着我们,两串眼泪滴落下来。我看到旁边还写着两行字:

我的生活是如此痛苦,
没有一束光照射进来。

我感觉到鼻子发酸,缓缓地吸了一口气,向窗外看去。窗外，拉萨的风景依旧很美，天蓝得不可思议。

7

一个月后，我辞了工作，回到了成都。

我和杜夕还是分了手。一直到现在，我们仍然是朋友，时不时地聊天。何彼鸥回了老家，真的成了死宅。他一个人在阳朔租了间房子，已经两年没有工作了。我每次跟他聊天，只有不多的几句话。

发生在拉萨的事情，我终于把它给讲完了。大云是在一年后自杀的。我不愿意再多讲后来的事情了。大云在说了许多有关我们三个人的谎言之后，又说谎攻击了她的新室友。她甚至去领导那里告徐姐的状，后来竟然又把领导也告了。一切都很荒谬。

我无法想象她究竟生活在一个怎样的世界里。

我只能说，听到消息时，我感觉到阵阵恐惧从心底涌来。想起以往的事情，我不知道自己是否正确。她真的太可怜了，但如果她再次站在我面前，我不敢说自己会怎样对她。

大概，我会让自己离她远一些。

大云走了，我不敢说我了解她。如果说大云的事真的让我学到了点什么东西的话，那就是我再也不想听什么秘密了。和所有人保持距离未必是什么坏事，何彼鸥没准就是这么想的。

我还记得她那双犀利的眼睛，她将在黑暗深处永远注视着我。

后来我们才知道，徐姐早就知道大云的遭遇。没错，我说的就是那件事。那件我们三个人下定决心要替她保密的事。不只是徐姐，办公室、整个单位的人都知道。大云在刚认识他们的时候，就把这件事告诉给了每一个人。

唯独我们三个被蒙在鼓里。

何彼鸥有一次碰到过后来和大云同居的女生，问她：

"现在，你还怀疑我们同居的事吗？"

"这不能怪我。"她平平淡淡地说，"她说得那么逼真，不能不信。"

何彼鸥告诉我后，我觉得非常厌倦。

我已经厌倦了再次回忆它。那就算了吧。我想。两年来，只有当生活的压力朝我逼近的时候，我才会想起这件事。因为那是我人生中最诡异、最扭曲、最不正常但也是最自由的时刻。现在，我过上了寻常的生活，变成了年轻的中年人。我的公司就在太古里附近。喝了过多的奶茶之后，我的肚子不可避免地发胖了。周末的时候，我和女友像周围的所有人一样逛商场，看电影。我成为了商业街里人流涌动的一部分。我喜欢吃鱿鱼，台湾大鱿鱼。我可以一顿吃掉整整五份。我不再抽骆驼牌香烟了，只抽红色的万宝路。我骑自行车上班，每天都带着保温杯。只有商场里售卖的棉线针织帽会让我觉得不舒服。我意识到只剩下这件事，还没有被我讲出来。

现在，我已经差不多讲完了。

关于那个遥远的冬天，我还记得一些片段，我还记得拉萨蓝得无比灿烂的天空，龙王潭里飞翔的白鸟，拉鲁湿地的野鸭扑棱着翅膀飞到秋黄色的草丛中去了，它们的翅膀激起了一长串的水花。我还记得许多个晚上，我们穿着厚厚的棉袄，晃荡在北京中路上。路灯把道路两边的白墙照射得亮如白昼。大云、何彼鸥、杜夕和我一起挽着手闲逛，我们四个从一个酒吧钻进另一个酒吧，喝了一杯又一杯不认识的真酒或假酒。我们唱着歌，像醉汉一样五音不全地大声唱歌，拉萨的冬天很冷，但酒后的热气不断地从我们正在唱歌的嘴里冒出来，最终消失在无尽的黑夜里。

（刊于《山西文学》2018年第7期）

图书在版编目（CIP）数据

京城大蛾 / 甄明哲著. -- 北京：北京联合出版公司, 2022.2
ISBN 978-7-5596-5763-3

Ⅰ.①京… Ⅱ.①甄… Ⅲ.①短篇小说 – 小说集 – 中国 – 当代 Ⅳ.①I247.7

中国版本图书馆CIP数据核字(2021)第242091号

Copyright © 2022 Ginkgo (Beijing) Book Co., Ltd.
All rights reserved.
本书版权归属于银杏树下（北京）图书有限责任公司。

京城大蛾

著　　者：甄明哲
出 品 人：赵红仕
选题策划：后浪出版公司
出版统筹：吴兴元
编辑统筹：朱　岳　梅天明
责任编辑：管　文
特约编辑：陈志炜
营销推广：ONEBOOK
装帧制造：墨白空间
封面设计：昆　词

北京联合出版公司出版
（北京市西城区德外大街83号楼9层　100088）
北京天宇万达印刷有限公司　新华书店经销
字数135千字　880毫米×1092毫米　1/32　7.25印张
2022年2月第1版　2022年2月第1次印刷
ISBN 978-7-5596-5763-3
定价：48.00元

后浪出版咨询(北京)有限责任公司　版权所有，侵权必究
投诉信箱：copyright@hinabook.com　fawu@hinabook.com
未经许可，不得以任何方式复制或者抄袭本书部分或全部内容
本书若有印、装质量问题，请与本公司联系调换，电话010-64072833